Catalogage avant publication de Bibliothèque et Archives nationales du Québec et Bibliothèque et Archives Canada

Duchesne, Stéphanie

Miss Populaire, c'est moi!

(Génération Filles)

Pour les jeunes.

ISBN 978-2-89662-420-1

I. Titre. II. Collection : Génération Filles (Boucherville, Québec).

PS8607.U253M57 2015   jC843'.6   C2014-942494-9
PS9607.U253M57 2015

Édition
Les Éditions de Mortagne
C.P. 116
Boucherville (Québec) J4B 5E6
Tél. : 450 641-2387
Téléc. : 450 655-6092
editionsdemortagne.com

Illustration en couverture
© Paula Romani

Dépôt légal
Bibliothèque et Archives Canada
Bibliothèque et Archives nationales du Québec
Bibliothèque Nationale de France
1er trimestre 2015

ISBN 978-2-89662-420-1
ISBN (epdf) 978-2-89662-421-8
ISBN (epub) 978-2-89662-422-5

1 2 3 4 5 – 15 – 19 18 17 16 15

Imprimé au Canada

Nous reconnaissons l'aide financière du gouvernement du Canada par l'entremise du Fonds du livre du Canada (FLC) et celle du gouvernement du Québec par l'entremise de la Société de développement des entreprises culturelles (SODEC) pour nos activités d'édition. Gouvernement du Québec – Programme de crédit d'impôt pour l'édition de livres – Gestion SODEC.

Membre de l'Association nationale des éditeurs de livres (ANEL)

Stéphanie Duchesne

ÉDITIONS DE MORTAGNE

*À mon précieux papa qui, d'en haut,
veille toujours à notre épanouissement.*

Chapitre 1

Katy Perry ? Pour de vrai ?

Lundi 19 août, 16 h 28

I got the eye of the tiger, a fighter, dancing through the fire
'Cause I am a champion and you're gonna hear me ROAR
Louder, louder than a lion
'Cause I am a champion and you're gonna hear me ROAR
Oh oh oh oh oh oh!!!

— Pincez-moi, je rêve ! Non mais... ce n'est tout simplement pas possible ! La chanteuse la plus cool de la planète sera devant nous dans exactement vingt-sept heures, trente-deux minutes et sept secondes ! Sandrine ! Aide-moi à revenir sur terre ! Le cœur va me sortir de la poitrine ! Katy Perry !

— Je sais ! Merci à ta mère qui participe à tous les concours imaginables sur Internet ! s'exclame Sandrine.

Ma mère est totalement trop intense quand vient le temps de participer à n'importe quoi. Elle a dû se faire refaire le visage au moins cent fois avec toutes les visites au spa qu'elle a gagnées au fil des années. En plus, avec Simon, le chum de ma mère, et son fils Julien, nous sommes allés à Walt Disney et avons mangé gratuitement au resto cent vingt-deux millions de fois. C'est sans compter les fameuses escapades familiales obligatoires dans les Laurentides qu'elle remporte régulièrement, qui finissent par m'énerver à la longue, car je dois endurer Julien, « mon petit frère qui est loin d'être mon petit frère » de huit ans. Il est dans ma vie depuis l'arrivée du super Simon, il y a de ça exactement quatre ans.

Même si elle me tape royalement sur les nerfs, je dois avouer que, cette fois, ma mère a visé dans le mille avec cette surprise. Je lui attribue cinquante points *Aérocool* ! Qu'est-ce que c'est, au juste ? Eh bien, c'est un genre de système de points que j'alloue aux gens qui m'ont fait plaisir ou qui m'ont apporté quelque chose de bon. Je suis alors plus disposée à leur rendre service en retour.

Bon! Pour en revenir aux billets de spectacle, je dois avouer qu'ils sont devenus super pratiques pour elle : elle menace de me priver de cette sortie si je n'ai pas un « bon comportement », comme elle dit toujours!

— Arrête de te plaindre, Anne-Sophie, tu es super gâtée et, même si elle est un peu sévère, ta mère te donne plein de trucs tout le temps! Tu as justement reçu le nouveau tome de la série *Ouate de phoque!* hier. Je trouve que tu chiales pour rien, me dit Sandrine.

— Hé, tu arrêtes ou tu ne m'accompagnes pas au concert!

Sandrine est tête folle, un peu naïve et facilement impressionnable. J'adore l'avoir à mes côtés, ça rend ma vie plus agréable. Par contre, je n'ai pas besoin de ses commentaires inutiles en ce moment.

Il ne faudrait surtout pas que le reste de notre gang apprenne que c'est Sandrine qui vient avec moi demain. J'aurais sur le dos trois amies frustrées qui ne cesseraient de me reprocher mon manque de solidarité féminine. Les voici :

Johanie, c'est miss Parfaite. Madame est à la fine pointe de la mode, cherche constamment à charmer les plus beaux gars de l'école et donne son opinion sur tout sans savoir de quoi elle parle. En plus, elle veut tout le temps me prendre en défaut, par n'importe quel moyen.

C'est d'ailleurs à cause d'elle que j'ai été suspendue en juin passé, pour avoir été sur le dos de Véronique Lamarche. Elle s'est échappée devant le meilleur ami de son frère, qui est allé raconter les petites plaisanteries amusantes que j'ai fait subir à cette minable de Véro. En moins de deux, la rumeur s'est répandue et est arrivée à l'oreille d'un prof. Véronique a dû profiter de l'occasion pour vider son sac à la direction. Je me suis donc fait prendre officiellement. On m'a collé toute une conséquence. À cause de Jo (c'est le surnom de Johanie), qui a ouvert sa grande trappe, et de Véronique, qui en a beurré épais pour que je sois déclarée coupable, je n'ai pas pu participer à la compétition de *cheerleaders* de juin. Ma première suspension ! Cette année, je serai certainement plus discrète et personne ne pourra dire quoi que ce soit contre moi !

Ça peut paraître un peu bizarre, après tout ce que je viens de dire à son sujet, que Johanie reste une amie importante pour moi. Je sais, les filles sont un peu compliquées. Il y a toujours un niveau de *bitchage* à entretenir dans une gang. C'est difficile de comprendre l'amitié féminine, mais je pense que la nature est ainsi faite. Même si parfois nous parlons dans le dos les unes des autres, nos liens ne s'effritent pas. Nous restons unies malgré nos caractères différents ou nos gestes maladroits.

Il y a aussi Cassandra, qui est douce, gentille et qui ne veut jamais déplaire à personne. C'est souvent grâce à elle que nos chicanes de filles se règlent. J'ai parfois de la misère à l'envoyer promener parce qu'elle est trop fine et généreuse. Même son look rappelle son côté super aimable. Ses cheveux longs et frisés font l'envie de toutes les filles. Cass ne cherche jamais à épater les gens avec son style – jeans, t-shirts, chandails très simples –, quoique ses vêtements soient toujours de marques réputées : ses parents ont pas mal d'argent.

Je me sens un peu coupable de ne pas l'avoir choisie pour m'accompagner au spectacle de Katy Perry, mais disons que j'en devais une à Sandrine. Elle m'a tirée d'un mauvais pas, récemment. J'avais menti à ma mère à propos d'une sortie. Je devais étudier avec Sandrine quand les frères de Jo m'ont invitée à aller au parc avec eux. Même une folle n'aurait pas manqué cette occasion en or d'être vue avec des plus vieux.

J'ai donc fait semblant que je partais étudier chez Sandrine, comme c'était prévu. Évidemment, ma merveilleuse mère a décidé d'appeler chez elle. Sandrine (qui étudiait vraiment) a répondu. Tout de suite, elle a compris que ma policière de mère menait son enquête. Ma copine a prétexté que je me trouvais aux toilettes et a rassuré ma mère en lui disant que nos neurones étaient en pleine ébullition : on travaillait méga fort sur le travail d'histoire à remettre le lendemain.

Ça, c'était exactement le 18 mai de l'an passé. La semaine d'après, j'apprenais que ma mère avait gagné des billets pour le spectacle de Katy Perry qui aurait lieu le 20 août. J'ai donc décidé d'inviter Sandrine pour la remercier et je lui ai fait promettre de ne pas en parler aux autres filles de notre gang. Nous sommes aujourd'hui le 19 août et le temps semble s'être arrêté tellement j'ai hâte d'être au concert ! Complètement trop cool !

Bon ! Maintenant, Juliane. Ju est exactement à mon image. Pas physiquement mais sur le plan de sa personnalité. Compétitive, bonne à l'école, avec un super style et une attitude un peu arrogante avec ceux qui l'énervent. Je pense que c'est avec elle que j'ai la connexion la plus, genre, intime. Disons-le comme ça. Connexion intime. Je me croise les doigts pour qu'elle et moi, on se retrouve dans la même classe cette année. On est capables de faire des travaux d'équipe qui sortent de l'ordinaire, surtout pour les exposés oraux, qu'on adore.

Sandrine, je l'ai déjà dit, c'est mon amie naïve, innocente, qui fait tout pour nous plaire – surtout à moi. Elle est comme une espèce de mouton, toujours prête à rendre service. Malgré ça, c'est une jolie fille, avec ses longs cheveux foncés, son toupet bien droit et ses beaux yeux verts. Elle ne manque pas de charme. C'est drôle parce qu'elle est toute petite, mince, et son linge est mini. On la taquine un peu avec ça.

Et puis, il reste moi! Il est évident que je n'aurai plus rien à cacher très bientôt. Ce sera facile de découvrir qui je suis. Alors, je n'en dis pas plus!

— Que prévois-tu mettre demain? Ta robe bleue Roxy?

Cette question est, selon moi, primordiale dans la phase de préparation d'une telle sortie.

— Je ne sais pas trop encore. J'ai pensé emprunter la jupe en jean de ma sœur. C'est une bonne idée?

— C'est exactement ce que tu dois mettre! Très bon choix!

La sœur de Sandrine est super cool! Elle a du style et nous aide à choisir nos vêtements, nos coupes de cheveux et nous fait parfois des masques de beauté quand elle n'est pas avec son chum. Elle a maintenant dix-sept ans et rêve de devenir vétérinaire. J'avoue que j'aurais aimé avoir une sœur comme elle. Je suis plutôt prise avec Julien, un fatigant qui m'empêche d'utiliser l'ordinateur. Aussitôt que je veux aller sur Facebook, il se plaint que je monopolise Internet, et ma mère m'oblige à lui céder ma place. Ma vie serait sans doute plus intéressante avec une grande sœur de dix-sept ans qui connaît tout de la mode !

Après avoir reconduit Sandrine à la porte, je vais faire le tour de ma garde-robe et choisir le kit parfait pour demain. Ensuite, un peu de Facebook avec mes amies (si ma policière de mère me le permet), afin de connaître leurs plans pour les derniers jours de vacances. Je ne peux pas croire que je quitte le primaire en juin prochain seulement ! Je suis totalement tannée de me faire traiter comme un bébé. En plus, ça fait des années que je vois les mêmes visages, le même monde tout le temps. Encore quelques mois à fréquenter cette école, et le secondaire m'appartiendra.

Il est évident que je devrai dorénavant être très prudente si je veux me payer la tête de cette *chère* Véronique Lamarche. Ma mère ne me pardonnerait pas une autre suspension. De plus, si je me comporte correctement, j'aurai un cellulaire pour ma fête, le 10 novembre. Eh oui, j'ai le même signe astrologique que Katy Perry ! Scorpion ! Je dois avouer que j'ai moi-même une tête de star ! On me dit toujours que mes cheveux longs et ondulés sont d'une couleur à faire rêver n'importe quelle fille sur cette planète. Chaque fois que je vais au salon de coiffure, on me complimente à propos de ma tignasse rousse parsemée de mèches brunes, et tout ça, c'est totalement naturel ! J'aime aussi mes yeux qui, selon ce que je porte, varient du vert à la couleur pers. Un ton, disons-le, plutôt rare. Lorsque je m'amuse à mettre le mascara de maman, mon regard est aussi grand et intense que celui de Katy Perry !

Mais bon ! Pour en revenir à Véro, ce sera difficile de ne pas me moquer d'elle ! Elle est pathétique, cette fille. Tout le monde trouve ça drôle quand je m'en mêle. Grâce à elle, je suis devenue populaire ! Les autres aiment ça quand je ris d'elle ! Le but, par contre, c'est d'agir de façon stratégique. D'avoir des alliées secrètes, qui savent être discrètes. C'est tellement le fun de la voir perdre la face ! Ma suspension de juin en valait la peine, dans un sens.

Mercredi 21 août, 18 h 32

Le spectacle était hallucinant ! Katy Perry? Totalement géniale ! J'ai pu voir toutes les robes et costumes de près : Sandrine et moi, on avait des places en avant. Wow ! Cette soirée sera gravée dans ma mémoire toute ma vie ! Il y avait beaucoup de monde, la musique était super forte, et les effets spéciaux en mettaient plein la vue ! Nous avions les chaperons les plus cool du monde : la sœur de

Sandrine et son chum. Il était hors de question que ma mère nous laisse y aller seules. Par contre, j'avais son cellulaire. Je me sentais *foule* importante !

La seule chose dont je suis moins contente est que Sandrine, la tête de sardine, est allée mettre notre photo (elle et moi à côté de l'affiche de Katy) sur Facebook et a commenté : *MERCI À ANNE-SO QUI A FAIT MA JOURNÉE, MA SEMAINE ET MA VIE !!! UNE SOIRÉE EN COMPAGNIE DE KATY PERRY !!!!!*

Je lui avais bien dit que ça devait rester secret, mais ça n'a pris que quelques heures et le monde entier était déjà informé de ce que nous avions fait.

Notre conversation Facebook :

Moi : Allo, la tête !!! À quoi tu penses, de mettre ça sur ton mur !!!????

Sandrine : Oups ! J'avais complète-ment oublié que tu ne voulais pas que les filles le sachent !

Moi : Sandrine, merde ! Tu fais toujours le contraire de ce que je te dis ! T'es complètement pas là ! Sais-tu ce qui nous attend ? Mille reproches des filles de la gang !

Sandrine : N'importe quoi ! Elles seront contentes pour nous ! Va voir les commentaires qu'elles ont mis sous la photo et tu comprendras ! Elles pensent toutes qu'on est super chanceuses. C'est tout ! Ne capote pas avec des riens, So !

Moi : Je suis vraiment déçue de toi, mais je vais passer l'éponge. Tu auras le devoir de recoller les morceaux s'il y a de la chicane. C'est garanti !

Sandrine : Oui, oui ! Promis ! Relaxe avec ça !

Chapitre 2

Derniers moments de délices

Samedi 24 août, 13 h 20

Je commence à m'impatienter. Sandrine devrait se trouver ici depuis vingt minutes. Ce n'est pas dans ses habitudes, pourtant! Elle n'arrive jamais en retard.

Notre plan pour la journée est assez intéressant! Bikinis, serviettes et boissons fraîches pour le reste de l'après-midi. Il me faut un teint rayonnant pour la rentrée! Tout devrait être parfait pour qu'on passe du bon temps. Maman est partie faire des courses et ne reviendra que pour le souper, Julien est chez un ami et Simon, parti au golf. Il ne reste que moi et ma copinette, qui ne va pas tarder. On va se la couler douce en cette journée idéale.

Je dois trouver de la bonne musique pour l'ambiance. Je me fais un devoir de profiter de ces derniers moments de délices avant la méga routine de septembre. Je suis en pleine recherche des meilleurs choix musicaux quand mademoiselle «je suis en retard» se pointe le bout du nez, le souffle court, les bras chargés de sacs contenant revues de toutes sortes, croustilles et bonbons. Il ne fait aucun doute que Sandrine a couru tout le long du chemin qui sépare nos deux maisons, soit environ trois coins de rue. Eh oui! C'est tout nouveau: Sandrine habite près de chez moi depuis le mois de juin. Ça fait cinq ans qu'on va à la même école et, pour la première fois, on va pouvoir marcher ensemble pour s'y rendre. Ses parents se sont séparés et ils ont déménagé. Pas que je sois contente de cette séparation! Mais comme j'ai maintenant ma copinette près de chez moi, c'est plus facile de la voir. J'en suis ravie! C'est un beau mot, ça, «ravie»! Je dois glisser un mot recherché chaque jour dans mon vocabulaire, pour avoir un air encore plus intelligent!

— Désolée pour mon retard, So, ma mère m'a demandé de faire la vaisselle avant de partir, se justifie Sandrine.

— Bon, bon! Des excuses! Je suis très déçue de toi. Tu m'as habituée à mieux que ça.

— Mais je n'arrive pas les mains vides! Chips, bonbons, magazines! Que pour toi, mon amie!

— Merci à ma copinette pour ses petites attentions indispensables!

Les matelas gonflables nous attendent! Je les vois qui bougent lentement dans la piscine. Ils veulent qu'on s'occupe d'eux. Je prends le rouge et Sandrine, le bleu. Je place ma crème solaire et ma boisson dans les trous réservés à cet effet. Je pense que tout est parfait, maintenant. Que demander de plus? Pas de parents, ma bonne amie à mes côtés, un soleil radieux et des friandises à la tonne. Le bonheur assuré.

— Un nouveau maillot? Il te va à merveille! Hyperjoli sur toi, ma copinette! me complimente mon amie.

— Merci. Je suis allée magasiner aux Galeries cette semaine. Je l'adore!

— As-tu réfléchi à notre plan d'action pour cette année? Vas-tu en faire voir de toutes les couleurs à miss Lamarche, encore? me questionne Sandrine, toujours aussi curieuse.

Véronique Lamarche! Cette pauvre imbécile sans aucun style! Je n'ai pas dit mon dernier mot, mais... Prudence...

— Sandrine! Je n'ai pas la tête à penser à l'école et encore moins à Véronique! Ne gâche pas ce qu'il me reste de vacances en m'embêtant avec tes questions idiotes! répliqué-je.

Juste au moment où je commence à me détendre un peu, des cris et des fous rires venus de nulle part me font sursauter. C'est Johanie, Cassandra et Juliane. Je ne les ai pourtant pas invitées! De quel droit se pointent-elles chez moi, avec en plus leur arsenal de plage entre les mains?

Johanie se met à courir comme une athlète olympique en pleine compétition et se jette à l'eau tout habillée. La vague qu'elle provoque fait basculer les matelas et nous en éjecte. Cass la suit de près, sauf qu'elle, elle est déjà en maillot. Juliane saute la dernière, incapable de s'arrêter de rire. Les filles s'accrochent à nos matelas (qui ne sont en fait déjà plus les nôtres) en nous demandant notre avis sur leur arrivée spectaculaire.

— Alors, les filles? Contentes de nous voir? Toute une surprise, hein? s'exclame Johanie.

— En effet! Que dire de plus?

Chapitre 2

Je dois avouer que de les voir faire les folles comme ça m'amuse beaucoup. Je les trouve super drôles et même trop cool de s'être lancées dans la piscine de manière si spontanée. Et Jo qui y va tout habillée! Quel culot, cette fille! Parfois, je m'inspire d'elle pour agir et foncer, parce que je pense qu'elle a ce côté leader que j'aime bien. Ça doit être pour cette raison d'ailleurs qu'on est parfois rivales toutes les deux. Je l'admire sans le lui dire. C'est peut-être une pointe de jalousie que j'essaie de dissimuler.

Cass a eu la super bonne idée d'apporter des ballons et des lunettes de plongée. C'est notre miss Organisatrice, cette fille. Toujours là pour penser à tout. Lorsque Cass n'est pas avec nous, c'est comme s'il manquait cette touche de finition, cette touche de perfection à nos rassemblements entre filles. C'est avec un plaisir de gamines que nous jouons au ballon dans la piscine. Un genre de volleyball aquatique. Ce jeu nous amuse pendant une bonne heure avant qu'on passe à l'autre activité que notre animatrice Cass nous propose. Ça consiste à jeter un petit objet dans l'eau et à nous chronométrer pour savoir qui d'entre nous cinq est la plus rapide pour aller le chercher. Là, c'est Juliane qui remporte la palme d'or sans aucun problème. Ju est trop intense quand vient le temps de participer à des activités physiques. Elle est super compétitive et, surtout, bonne dans tous les sports. Sandrine, elle, ne fait que rire et s'amuser. Rien ne peut la rendre plus heureuse que le fait que nous soyons toutes ensemble. Elle suit le courant.

Finalement, notre baignade, qui s'annonce déjà légendaire, se termine par un concours de qui fait chavirer le matelas gonflable de l'autre en premier. Sandrine et moi sommes sur le rouge, Cass et Ju, sur le bleu. Un affrontement redoutable se dessine sous les yeux de notre photographe Johanie, qui se fait un devoir de prendre en photo chaque mouvement important de la compétition. Comme je la connais, ces photos seront sur Facebook d'ici la fin de la journée. C'est notre vedette, elle aime trop alimenter sa page pour que tout le monde sache qu'elle a une vie super intéressante.

Ouf ! Cette visite-surprise prend la tournure d'un événement marquant dans nos histoires *foule* captivantes à raconter à nos futurs enfants. Moi qui croyais que je passerais un après-midi relax en compagnie de Sandrine ! Je dois avouer que je suis totalement enchantée par mon samedi trop parfait.

Une seule chose m'agace un peu, mais je la mets volontairement sous le tapis pour ne pas gâcher le temps génial que je passe avec mes amies. Avant son départ, ma mère m'a demandé de nettoyer la piscine. Elle m'a fait promettre d'accomplir cette tâche avant son retour, mais disons que je n'ai tout simplement pas le temps. Le plaisir avant tout. Et je peux facilement remettre cette corvée à demain !

Rien ne presse. À son arrivée, je vais jouer la carte du méga compliment. Ma policière de mère n'y verra que du feu.

En sortant de la piscine, nous décidons de terminer notre après-midi trop cool sur une note plus calme. Avec la quantité phénoménale de magazines que Sandrine a apportés, on a de quoi potiner pendant des heures. Le *Cool!* le *Seventeen*, *Girls! Loulou*, et j'en passe! Nous nous permettons donc de dresser le palmarès des actrices et des chanteuses les plus talentueuses et les plus belles en les numérotant de un à cinq. La première place est sans aucun doute réservée à Selena Gomez, qui passe unanimement au conseil. Cette fille a du style, ses cheveux sont magnifiques et son sourire est radieux. Pour la deuxième position, nous votons pour Katy Perry. À cause de son style original et de sa musique trop bonne. J'ajoute même qu'elle a beaucoup de charisme sur scène, fait que je peux confirmer, puisque j'ai moi-même assisté à son spectacle. Petite parenthèse à propos de cette soirée: contrairement à ce que je pensais, après avoir été informées sur Facebook que Sandrine et moi avions assisté au concert, mes copinettes n'ont pas réagi négativement (genre en étant jalouses). Elles étaient vraiment contentes pour nous. Johanie voulait tous les détails de notre méga sortie de filles et nous avons eu la chance d'en jaser longtemps! Nous nous sommes promis d'assister au prochain spectacle en gang. Il est prévu que Katy reviendra en juin.

En troisième position de notre palmarès se trouve Sarah Hyland, suivie de près par Sophia Bush (bien connue pour son rôle dans *Les frères Scott*). La dernière place est attribuée à Rihanna pour ses vêtements tendance (ou plutôt le peu de vêtements qu'elle porte, comme dirait ma mère) et son incroyable talent pour la danse. Je dois insister sur ce point, parce que Johanie veut mettre Jennifer Lawrence à la place de Rihanna. Mon argument est de taille : Rihanna est aussi une superbe danseuse et chorégraphe. Les filles me donnent le point et je remporte le vote !

Bon ! Mission accomplie, mais cet exercice de classification nous a quand même demandé quarante-cinq minutes, puisque nous devions toutes être d'accord avant de prendre LA décision finale. Notre sens de l'argumentation a été mis à rude épreuve !

Bien allongées sur nos serviettes multicolores, limonades et magazines en main, on ne peut être dérangées par rien au monde. À part, bien entendu, le bruit de la portière de la voiture de ma policière de mère qui claque. Oups ! C'est elle qui arrive ! Je n'ai pas fait ce qu'elle m'avait ordonné, en plus d'avoir une tonne d'amies avec moi sans en avoir demandé la permission! Le mot «panique» clignote dans ma tête, accompagné d'une alarme imaginaire.

— So! Je pense que c'est ta mère! s'écrie Sandrine, les yeux ronds.

— Je sais! Merde, trop tard!

Je peux prédire la suite. Encore des reproches et des interdictions. Les lois de Jacynthe (ma mère) s'infiltrent déjà jusque dans mes cauchemars. Des lois tirées directement du guide de la parfaite maman, celle qui tente par tous les moyens d'appliquer les précieux conseils de son psychologue, sûrement riche à l'heure qu'il est. Ce cher docteur Casgrain est probablement en train de se la couler douce sur son fabuleux bateau!

— Bonjour, les filles! nous salue maman (son visage en dit vraiment trop long).

— Maman, je m'apprêtais justement à faire ce que tu m'avais demandé! Tu sais, la piscine!

— Anne-Sophie Poirier! Comment puis-je avoir confiance en toi? Nous avions une entente claire et précise : tu devais nettoyer la piscine avant mon arrivée. Une journée complète devant toi et tu n'as rien fait! En plus, tu as invité des amies sans me demander la permission! Quel culot! Tu peux oublier ta sortie de demain soir.

La colère monte en moi, une grosse bouffée de colère. Aucune marge de manœuvre, toujours la même chose ! Je déteste lorsque ma mère me fait des reproches devant mes amies. Je me sens humiliée ! Je me dirige donc rapidement vers ma chambre, sans un mot. Ma mère s'excuse auprès des filles, leur demandant par le fait même de partir.

Seule dans ma chambre, je me défoule dans mon journal intime. Il est toujours bien caché et personne ne sait où il se trouve. J'y ai collé des photos de plein d'artistes que j'aime (Jason Derulo, Rihanna, Bruno Mars, etc.) et d'autres de mes amies et moi. Je m'amuse aussi à barbouiller le visage de Julien quand il me tape sur les nerfs. J'ai piqué sa photo d'école qui traînait sur la commode, dans sa chambre. Je n'aurais jamais cru que ce serait aussi bénéfique pour mon moral. En fait, je devrais faire la même chose avec la photo de ma mère. Peut-être que ça m'aiderait à calmer ma rage !

Chapitre 3

Une journée totalement splash !

Mercredi 28 août, 7 h 40

— Anne-Sophie ! On sonne à la porte ! Dépêche-toi d'aller répondre, je ne suis pas habillée encore ! me crie maman.

— J'y vais ! J'attends Sandrine, elle m'a promis de passer par ici pour que nous marchions ensemble !

Je ne peux pas croire que mon amie viendra me chercher tous les jours ! Nous ferons la route, juste nous deux, matin et soir, en potinant dans le dos des autres ! Woop, woop ! Je dévale les escaliers, *foule* contente (joie intense, bonheur sublime, heureuse au cube).

— Salut, Sandrine! Tu arrives tôt! Je ne pars jamais avant sept heures cinquante-cinq, d'habitude.

— Je ne tenais tout simplement plus en place. J'ai hâte de revoir tout le monde! me dit Sandrine, énervée comme une puce.

— Donne-moi quelques minutes et je suis prête.

— Apportes-tu ton dîner? On se garde les mêmes places que l'an passé à la cafétéria!

— J'ai tout ce qu'il me faut. Organisée jusqu'au bout!

— Puis, ce matin, il y aura la fameuse fête d'accueil organisée par monsieur Latour! me rappelle Sandrine.

Au moins, je n'aurai pas ma mère pour me tenir par la main le jour de la rentrée. C'était un genre de rituel super important pour elle de venir jusqu'à l'école et de passer les premières minutes avec moi dans la cour. Depuis deux ans, elle ne vient plus. Je l'ai convaincue de me laisser y aller avec mes amies. Même si elle a eu de la peine, je n'avais pas le choix de lui faire comprendre que c'était devenu gênant.

Par contre, je remarque que certains parents ne lâchent tout simplement pas le morceau. Je vois des élèves de ma classe avec leurs parents, sourire aux lèvres et joyeux comme tout. Je n'arrive pas à croire qu'ils sont heureux d'être accompagnés, rendus au troisième cycle. Je me rappelle même avoir vu un gars de sixième l'an passé qui pleurait quand sa mère est partie à la fin de la fête d'accueil. Impressionnant !

Autre chose que j'ai réglée avec ma mère avant de commencer ma sixième : je ne veux plus aller au service de garde. J'y étais inscrite depuis la première année et j'ai développé pour lui une «écœurantite» aiguë. J'ai réussi à expliquer à ma mère que j'en avais assez du service de garde.

Voici la liste de mes arguments, qui d'ailleurs avaient été préparés d'avance pour ma plaidoirie devant le juge :

1. On nous traite comme des bébés.

2. Il faut chanter des chansons poches.

3. Il m'est interdit d'apporter mes propres choses de la maison pour passer le temps (genre de faire des colliers avec mon propre kit).

4. C'est super long de passer toutes ces heures de plus à l'école et ce n'est pas sain pour mon «psychologique».

5. Je ne suis pas avec mes amies (parce qu'elles, elles vont directement à la maison; c'est donc humiliant pour moi de

dire que je vais encore au service de garde à mon âge).

Finalement, ma mère a accepté ma demande. Je suis donc à l'essai, comme elle dit, et on verra comment ça se passe.

Sur la route, Sandrine et moi émettons des hypothèses en nous imaginant qui sera notre prof cette année. Trois hypothèses : madame Gagnon, madame Faubert ou monsieur Moreau. Ces profs enseignent au troisième cycle depuis plusieurs années. Si la chance est de mon côté, madame Faubert sera ma titulaire. Je la décrirais comme suit : elle est enjouée, calme et à l'écoute de ses élèves. C'est comme si elle nous comprenait vraiment ! Les deux autres ? Une qui traite ses élèves comme des bébés et l'autre qui semble un peu trop sévère à mon goût. Wow ! Je remarque que le trajet se fait rapidement avec de la compagnie ! Trop génial !

Sandrine et moi nous entendons sur une chose : la sixième année nous fait un peu peur, puisque nos résultats scolaires doivent être à la hauteur. Nous avons entendu parler des examens du Ministère et des risques d'échec. Nous ne voulons en aucun cas nous retrouver en classe d'aide au secondaire.

Heureusement, je n'ai pas trop de difficultés à l'école. J'ai toujours été forte dans toutes les matières et je sais que j'ai de bonnes chances de réussir mon année. Le plus dur sera de faire oublier ma réputation entachée. Le fait que j'ai été suspendue a dû nuire à l'opinion que les profs ont de moi. Je suis certaine qu'ils se parlent entre eux. Selon monsieur Latour, notre super directeur, je serais une intimidatrice. Rire un peu du monde ne fait pas de moi une intimidatrice! Mais bon!

Pourquoi ne pas tenter de m'impliquer dans le club d'aide aux devoirs? Je pourrais donner généreusement de mon temps et de mon aide. Je serais une nouvelle élève! Une Anne-Sophie devenue mère Teresa de l'école Beausoleil! Je dois penser à m'informer là-dessus cette semaine.

Sandrine et moi n'avons qu'un pied de posé dans la cour d'école que Juliane et Cass nous sautent au cou, comme si c'étaient les retrouvailles du siècle, que nous avions passé des décennies sans nous parler. Je trouve ça super drôle quand elles font ça! C'est *foule* intense, et tout le monde nous regarde. Cass est vraiment tout en beauté! Elle porte une jolie tunique à toutes petites fleurs, genre robe qu'on met avec des leggings. Les siens sont marine, pour s'agencer avec les motifs de sa robe. Trop mignon. En fait, Cass est mignonne comme tout. Ses longs cheveux bouclés lui donnent un air innocent et gentil. Juliane a opté pour un look décontracté, genre « il ne faut pas accorder trop d'importance à notre première journée d'école parce que ça fait trop planifié ». Son *skinny* jean lui va à merveille. Sa camisole dans les tons d'orangé lui donne un teint d'enfer. Mais où est notre Johanie nationale?

— J'ai terriblement hâte d'aller au secondaire, Sandrine! soupiré-je. Tu as vu les profs avec leurs macarons, ballons et chansons ridicules!

Elle m'encourage gaiement:

— Souris, ma copinette, et fais comme si tu appréciais ces efforts!

Elle fait sa face de fille qui exagère, avec un sourire *foule* forcé. Il reste accroché là et ça lui donne un air idiot.

— Eh bien, eh bien! C'est Johanie, ça, qui parle avec le beau Jérémy? nous fait remarquer Juliane.

Oui! Jo est là, devant nous, rayonnante avec sa jolie jupe de jean et son chandail bleu. Johanie attire les regards et fait des envieuses, avec son style parfait et sa connaissance de la mode et des coiffures tendance. De plus, elle s'est inscrite il y a quelques mois dans une agence de casting. Elle figure sur quelques photos pour le centre commercial de la ville et est apparue dans deux pubs télé l'année passée. Il faut dire que sa mère travaille pour l'agence en question et s'organise pour que sa merveilleuse fille perce dans le domaine de la mode. Et madame Johanie s'en vante tout le temps!

Johanie nous aperçoit et nous salue de ses grands airs de fille sûre d'elle :

— Hé ! Les amies ! Contente de vous voir enfin ! Alors, quoi de neuf ?

— Pas grand-chose. Un peu de magasinage hier, précise Sandrine.

— Et toi, Anne-Sophie ?

— Rien de neuf, la routine. Un peu de magasinage aussi et du repos, que du repos. Je tenais à avoir bonne mine pour la rentrée. Je vois que tu as sans doute fait la même chose que moi ? Tu es resplendissante. Ton style est vraiment trop cool ! J'adore ce que tu portes. Tu as refait ta garde-robe pour la rentrée ?

Depuis que nous nous connaissons, Jo et moi sommes en quelque sorte des rivales non déclarées. On ne se chicane que très rarement, mais il y a toujours une certaine compétition entre nous.

— Bien entendu ! Ma mère et moi sommes allées à Montréal. J'ai des vêtements qui sortent de l'ordinaire. Vous allez capoter lorsque je vais vous montrer tout ça. Une garde-robe de rêve, les filles ! Mais, So, je te renvoie le compliment ! Tu es vraiment jolie et ta nouvelle coupe de cheveux te va super bien ! Tu ressembles à Marie-Mai ! Sublime ! me dit Jo, d'un air semi-moqueur.

Est-ce que c'est censé être un compliment? Marie-Mai! Je dois jouer le jeu.

— C'est en plein ce que je voulais, alors merci! J'ai hâte de voir ton nouveau linge, mais je ne sais pas quand tu vas nous montrer tout ça! Tu es tellement occupée! As-tu un peu de temps pour nous, dans ton horaire chargé? Depuis ta visite dans ma piscine, plus de Johanie!

Sandrine s'en mêle:

— OK, les filles, on arrête de se lancer des fleurs et le pot qui vient avec! Il faut faire le tour pour voir tout le monde avant qu'on nous donne le signal de rejoindre nos groupes!

Même pas le temps de jaser un peu, les élèves sont déjà appelés. Eh bien, surprise! On a droit à une tout autre rentrée, cette année! Habituellement, on nous place par cycles: le premier du côté gauche de la cour d'école, le deuxième au centre et le troisième du côté droit. C'est à ce moment que la routine ennuyante commence, normalement. L'objectif est de retrouver le prof qui porte la même couleur de macaron que nous (macaron reçu par la poste pendant l'été). Par contre, tout se passe différemment cette fois-ci: c'est un rassemblement général, où tous les cycles sont réunis. Monsieur Latour, accompagné des profs, nous demande de prendre place devant un énorme objet recouvert d'un drap blanc. On se demande bien ce qui se cache là-dessous.

Le directeur commence par ses habituelles phrases réchauffées, qu'il répète d'année en année. Il souhaite la bienvenue aux élèves et s'éternise sur son discours de motivation tissé autour du thème de l'école. Des paroles sorties tout droit d'un guide du parfait directeur. C'est à croire qu'ils ont tous lu le même livre, ces adultes!

Le thème de l'année est: *Plonge dans ta réussite.* Je n'en crois tout simplement pas mes yeux! En criant haut et fort: « Plonge dans ta réussite », monsieur Latour fait signe à deux profs d'enlever le drap, qui recouvrait finalement un bassin rempli d'eau. Si je comprends bien, une personne doit aller s'asseoir sur une chaise, en haut du bassin; puis, quelqu'un doit se placer devant et lancer des balles sur une cible. Si le lanceur atteint cette cible, la chaise lâche, et plouf! Dans l'eau. J'ai vu ça à quelques reprises dans des émissions, à la télé. Jamais en vrai, par contre.

Tout le monde reste bouche bée en entendant la suite. Chaque prof présent ira sur la chaise, et ce sera à nous, les élèves, de participer au jeu en essayant de les faire tomber. Wow! Quelle rentrée spectaculaire! Une fête d'accueil splash! Le rêve des élèves qui se réalise! Qui ne fantasme pas de pouvoir un jour faire ça à son prof? Je dois sincèrement avouer que les élèves sont méga motivés à l'idée de participer. Bien pensé ! *Plonge dans ta réussite*, le thème est vraiment bien choisi pour illustrer le fait que les profs se mouillent !

Étant donné que mes copinettes et moi sommes complètement à l'arrière du groupe, les chances que l'on soit choisies pour lancer des balles sont minces. Ce n'est pas grave ! La simple idée de voir madame Faubert, madame Gagnon ou même monsieur Moreau tomber dans l'eau nous rend super énervées. Trop cool comme activité ! Même Jasmin Lemieux, le psychoéducateur, est de la partie !

La première personne appelée au banc des accusés, comme dit monsieur Latour, est Nicole Gagnon. Celui qui s'essaie au lancer des balles est un super beau gars que je n'ai jamais vu avant. Johanie l'a remarqué aussi, puisqu'elle donne un méga gros coup de coude à Juliane pour lui signifier qu'il est totalement charmant. Eh bien, ce mystérieux inconnu réussit à faire tomber la prof à l'eau à son deuxième lancer ! Wow ! Madame Gagnon à l'eau ! *Foule* irréel, comme situation. On se croirait dans un film. Elle semble trouver ça amusant, sort du bassin et tape dans la main du gars avant de quitter pour, j'imagine, aller se changer.

Ensuite vient le tour d'une prof de cinquième année, madame Lamontagne. Elle est chanceuse, puisque les trois lancers de la fille qui s'essaie ne réussissent pas à la faire tomber (ou plutôt plonger dans sa réussite). Jasmin s'installe avec une attitude super drôle. Il taquine le gars qui est devant lui en lui assurant qu'il sera incapable de le faire tomber. L'élève réplique qu'il va y arriver. Eh bien, aussitôt dit, aussitôt fait! Jasmin se retrouve à l'eau dès la première balle. Le gars est super fier et il saute partout en riant aux éclats. Lorsque vient le tour de madame Faubert, c'est Johanie qui est choisie pour se présenter en avant. Pas surprenant, elle bondit tellement qu'il est impossible de ne pas la remarquer. Elle court vers le bassin en criant comme une folle! Tout le monde est *foule* captivé par ce qui se passe. Je pense que je n'ai jamais vu autant d'élèves intéressés par une activité qui se déroule à l'école! Johanie ne réussit pas à faire tomber la prof et revient avec sa face de fille démoralisée. Cass l'encourage en lui disant qu'elle est la meilleure et qu'on l'aime. Je peux attribuer des points *Aérocool* à monsieur Latour, qui a fait des efforts pour rendre sa fête d'accueil plus intéressante que d'habitude!

Finalement, il se passe une bonne heure avant qu'on termine cette activité géniale sur le thème de l'année, qui, je dois le dire encore, vise vraiment dans le mille pour une fois! Maintenant, l'heure de vérité approche! On va savoir qui sera notre prof et qui sera dans la classe de qui. C'est tout le temps un moment stressant, parce qu'on rêve d'être les cinq dans le même groupe. Ça ne s'est jamais produit dans notre vie de primaire.

Eh bien, bonne nouvelle ! Sandrine, Johanie et moi sommes ensemble ! Pauvres Juliane et Cassandra ! Nicole Gagnon est leur enseignante pour l'année. Pour ce qui est de madame Faubert, je pense sincèrement que je suis tombée sur la bonne personne. J'envoyais des ondes positives depuis l'an passé en souhaitant être avec elle. Ma cousine Maxime l'a eue comme prof et elle a adoré son année. J'espère que je serai aussi heureuse qu'elle.

On se sépare en se donnant de gros câlins, question de nous réconforter un peu avant de rejoindre nos classes respectives. Mes premières impressions de madame Faubert sont bonnes. Je lui accorde jusqu'à maintenant huit sur dix. Pourquoi cette note ? Huit points parce qu'elle est accueillante, attentionnée et claire dans les explications qu'elle donne. Je lui enlève deux points pour ne pas voir Christophe, notre clown national, qui s'amuse à faire des faces de débile dans le fond de la classe. Tout le monde connaît Christophe et son sens de l'humour ; il peut être drôle, mais, parfois, il dépasse les limites. Comme en ce moment ! Ça ne fait pas une heure qu'on est en classe qu'il a déjà mis son masque de clown. Je trouve ça un peu poussé. Pourtant, madame Faubert n'y prête aucune attention. Soit elle le fait volontairement en utilisant ses méthodes de prof, ou bien elle ne voit rien. Si tel est le cas, notre année sera longue, parce qu'on va être obligés d'endurer des tatas qui niaisent et qui dérangent. Je lui redonnerai ses deux points si je sens que c'est une stratégie intelligente.

10 h 21 (la récréation)

C'est enfin le premier vrai regroupement de notre gang, toujours au même endroit : autour des balançoires. Notre coin depuis des lunes! Les conversations vont dans tous les sens : les profs, les beaux gars et les nouveaux à découvrir dans les prochains jours. Johanie se porte volontaire pour enquêter sur l'élève qui a réussi à faire tomber madame Gagnon au jeu du bassin d'eau de la fête d'accueil. Plutôt rigolo! Sans le savoir, il a fait tomber sa propre prof. Nous nous entendons toutes pour dire qu'il semble timide et aura sans doute besoin d'un coup de main pour s'intégrer.

Notre copinette volontaire ne peut s'empêcher de passer un commentaire :

— Ne vous inquiétez pas, les filles, je suis une experte : ce gars-là se sentira comme le plus chanceux de la terre après une discussion avec moi! Ôtez-vous de mon chemin, miss Johanie arrive avec tout ce qu'il faut pour un accueil du tonnerre!

Je ne peux me retenir, je dois lui faire part de mon opinion.

— Et si je te disais que je ne suis pas d'accord avec l'idée que ce soit toi qui t'en charges? Faudrait-il appliquer la règle trois de notre code secret?

— Anne-Sophie Poirier! Tu exagères! Ce gars-là vient tout juste d'arriver et personne ici ne le connaît! Ne te sers pas du code secret pour argumenter n'importe comment!

Cassandra, qui tient toujours le rôle de l'arbitre, ajoute:

— Les filles! Laissez-nous le temps d'arriver avant de vous obstiner comme vous le faites tout le temps! Merde! On vient à peine de commencer l'année que vous êtes reparties! C'est notre première récré, alors profitez-en de la bonne façon.

Cassandra est celle qui rétablit l'ordre dans le groupe. Elle représente la sagesse et le calme. En fait, elle n'est jamais en conflit avec aucun des membres de notre gang et c'est à elle qu'on se confie car on sait qu'elle ne révélera pas ce qu'on lui dit.

Notre code secret a été établi l'an passé en raison d'une énorme chicane. Nous nous étions séparées pendant six jours et chacune d'entre nous en avait beaucoup souffert. Lors de notre réconciliation, Cassandra a proposé d'établir des règles claires pour préserver nos liens d'amitié et, ainsi, éviter des mésententes pouvant conduire au même résultat. Chaque fille a partagé ses idées pour arriver à un accord officiel.

Règles du code secret : JJSCA

★ Règle numéro 1: Garder un secret en tout temps, peu importe les circonstances.

☆ Règle numéro 2: Lors d'une activité spéciale, toutes mes amies doivent être invitées.

★ Règle numéro 3: M'assurer de connaître les sentiments de mes copines avant de faire les premiers pas auprès d'un gars.

☆ Règle numéro 4: Être honnête avec mes copines en tout temps.

★ Règle numéro 5: Me rallier à la majorité lorsqu'une décision de groupe est votée.

☆ Règle numéro 6: Je ne peux me retirer du groupe plus de sept jours, sans quoi je devrai le quitter à jamais.

Cette discussion est interrompue par le passage de Véronique Lamarche. *La* Véronique Lamarche! Celle pour qui la fin d'année aurait été, paraît-il, mouvementée, pénible et même atroce à cause de moi!

Véronique n'est pas revenue du mois de juin, l'an dernier. Elle s'est évaporée comme par enchantement. Pouf! Plus de Véronique. Je m'étais payé sa tête et la pauvre avait craqué.

Je ne peux m'empêcher de passer une remarque pour faire rire mes copinettes:

— Regardez, les filles, notre Véro est là! Elle s'est rappelé la date de la rentrée! La pauvre, elle ne se souvenait même plus du trajet de l'école à la maison, il n'y a pas si longtemps!

— Elle semble avoir quelque chose de changé. Vous ne trouvez pas? ajoute Juliane.

— Ce n'est certainement pas son collier! Regardez, elle l'a encore dans le cou! C'est le même! Elle a besoin de conseils beauté! réponds-je.

J'avais déjà remarqué, l'an dernier, que Véronique portait toujours un collier bizarre. Elle ne s'en sépare jamais, même en éducation physique, et même s'il ne s'agence pas avec ses vêtements.

Sandrine n'hésite pas à renchérir:

— Une autre chose qui ne change pas : ça sent toujours la merde sur son passage ! Ha ! Ha ! Ha !

Notre récréation se termine sur cette note d'humour. Il faut bien rire un peu de Véro aux pauses, puisqu'on ne pourra le faire en classe (elle est dans le groupe de monsieur Moreau).

16 h

Eh bien, la journée a commencé dans l'eau et se termine aussi dans l'eau. Sandrine et moi sommes sur le chemin du retour. On parle de tout et de rien. Analyse complète de madame Faubert, du monde dans notre groupe, de nos futurs devoirs poches, et j'en passe. Je reçois quelques gouttes d'eau sans trop comprendre d'où ça vient. Pourtant, le ciel est méga *foule* soleil. Sandrine me dit qu'elle a reçu de l'eau aussi. Il y a bel et bien des gouttes qui nous tombent dessus !

Sandrine s'arrête d'un coup sec.

— Écoute ! J'entends du bruit dans les buissons, So !

C'est vrai ! Il y a de l'action de l'autre côté de la haie de cèdres. On entend rire et, plus ça rit, plus nous recevons de l'eau. Et voilà ! Christophe et deux autres gars se cachent, de super gros fusils à eau dans les mains ! Ils sautent devant nous et se mettent à nous arroser *foule* intense, sans s'arrêter, malgré nos cris. Christophe encourage ses amis à ne pas nous lâcher. Le résultat? Deux filles complètement trempées et enragées.

— T'es ben con, Christophe Pépin! hurlé-je. À quoi tu penses, dans ta petite tête de linotte?

— Ben là! Où est passé ton sens de l'humour, Anne-Sophie Poirier? se moque-t-il. J'ai eu l'idée d'aller chercher mes fusils à eau en voyant l'activité de ce matin. Des profs mouillés! Pourquoi pas des élèves aussi? Je me suis occupé de mon arsenal ce midi, pour être prêt et attraper plein de monde après l'école. Plongez dans votre réussite, les filles! *Let's go!*

Frustrée, Sandrine réplique :

— Wow! Je suis vraiment impressionnée par tes idées stupides! Là, je te reconnais, Chris! Un vrai champion!

— Allez, Sandrine, ne perds pas de temps à parler à ces débiles.

Je rentre à la maison et me précipite dans ma chambre, sans prendre le temps d'expliquer à ma mère et à Julien la raison de mon look trempé, qui fait apparaître de grands points d'interrogation dans leurs yeux.

Chapitre 4

Le plus beau gars du monde

Jeudi 29 août, 7 h 45

Mes résolutions des prochains jours :

1. M'inscrire au club d'aide aux devoirs.

Je dois interroger madame Faubert à ce sujet. Elle va voir que je souhaite m'impliquer et être utile à mon prochain, genre. J'ai l'impression que j'ai une sacrée réputation qui me colle aux fesses depuis l'année dernière. Ce sera donc un premier pas qui me permettra de tourner la page en faisant bonne figure.

2. Entrer en contact avec le nouveau gars de sixième.

Je ne vais certainement pas laisser Johanie mettre le grappin dessus avant moi. Elle l'a regardé hier comme s'il était la huitième merveille du monde. Je passe à l'action avant elle, aujourd'hui même.

3. Limiter mes conversations Facebook pour mieux gérer mon temps. Je suis consciente que je dois faire des efforts pour bien réussir mes examens du Ministère.

Mes amies et moi nous sommes toutes promis de le faire. Il nous faut avoir des habitudes d'écolières modèles. J'avoue que le temps qu'on passe sur Facebook est énorme! Des heures et des heures de potinage (ou je dirais de *bitchage*). Dernièrement, ma mère a sauté une coche : elle m'interdit maintenant d'y aller un soir sur deux. Le minable Julien s'est plaint de mon utilisation «abusive» de l'ordi, et voilà le résultat! Il crie toujours à l'injustice pour des riens, et c'est moi qui paye!

7 h 50

— Anne-Sophie, on sonne! C'est sans doute Sandrine qui vient te chercher! me crie maman.

Ma mère est à la course chaque matin. Elle finit de se préparer dans la voiture. Genre qu'elle se maquille devant le rétroviseur, entre deux bouchées de bagel. Le bruit de la sonnette ne fait que l'agacer. Elle est mieux de s'y faire, car ma *BFF* (*best friend forever*) viendra me chercher tous les jours et c'est non négociable!

Le chemin pour nous rendre à l'école nous permet de faire le point sur l'épisode des fusils à eau d'hier. Nous en arrivons à la conclusion que, tôt ou tard, ces gars-là vont payer la note. Devrait-on organiser une vengeance diabolique? Sandrine et moi dressons la liste des choses horribles que nous pourrions faire pour que Christophe et sa bande de cons se souviennent de nous.

À notre arrivée dans la cour, surprise! Johanie est en pleine discussion avec monsieur beau gars, dont on ne connaît pas l'identité encore. À croire que miss Parfaite est déjà en mission pour découvrir tout ça...

— Salut, les filles! Je vous présente Gabriel Lessage. Il arrive de l'école Marie-Victorin et a emménagé tout près de chez moi en juillet dernier. C'est cool, n'est-ce pas? Nous avons plein de choses en commun. Il se tient aux arcades du cinéma et adore aller voir des films d'horreur. Je lui ai promis de l'accompagner la prochaine fois, pour qu'il puisse constater que je n'ai pas peur.

Sandrine remarque tout de suite que je fulmine de rage! Mille messages se reflètent dans mes yeux! Elle y lit que j'en ai déjà assez de l'omniprésence de Jo dans des affaires qui ne la regardent pas! C'est de pire en pire.

Sauvée par la cloche! Il est évident que je vais m'organiser pour être la première dans le rang tantôt! Je veux aborder ce gars-là. C'est à moi de jouer! Il faut que je joue mes cartes de manière à ce qu'il tombe sous mon charme!

8 h 34

J'essaie de me concentrer sur ce que dit madame Faubert, mais Christophe me fait des grimaces. Il a changé de place ce matin. J'imagine que la prof a déjà remarqué que le fond du local n'est pas un endroit super approprié pour lui. Maintenant, il est à côté de moi. Merveilleux! Mon jour de chance! Eh bien, voilà l'occasion de me venger. Au moment de notre pause toilettes, en toute discrétion, je place sur sa chaise un bout de papier sur lequel j'ai noté: «Je suis un con.» Au verso, du ruban gommé. Lorsqu'il va s'asseoir, le papier restera collé à son pantalon et, quand il se relèvera, le message sera bien en vue sur ses fesses! Trop hâte de voir ça.

Aussi facile que prévu! Christophe ne remarque rien et pose son popotin sur la chaise. Sandrine rit discrètement et me fait des méga gros signes de bravo. Il nous est impossible d'être concentrées sur notre travail. On attend que le con se lève pour assister à la suite du spectacle. Johanie, elle, ne s'aperçoit de rien. Bof, pas grave, je n'ai pas le goût d'avoir du plaisir avec elle de toute façon.

10 h 23

À la cloche de la récré, Christophe se lève pour aller prendre son rang. Je l'ai totalement eu! Il se promène avec son message aux fesses et tout le monde s'esclaffe sur son passage. C'est un de ses amis qui lui indique qu'il a quelque chose sur le derrière. C'est *foule* drôle, j'ai mal au ventre tellement je ris. Christophe vient me voir dehors pour me demander si je suis responsable de tout ça. Je suis incapable de lui répondre, alors c'est Sandrine qui le fait à ma place.

— Eh bien, oui, le con! C'est la revanche des filles.

Elle prend son attitude de fille super confiante qui n'a peur de rien, les mains sur les hanches, la tête haute. Une anecdote rigolote de plus à raconter dans nos REF (rassemblements entre filles)!

Johanie, Juliane et Cass se joignent à la conversation. Jo ne perd pas une seconde pour me casser les oreilles.

— Si tu cherches le prince charmant, il ne sera pas là, puisqu'il s'est porté volontaire pour faire partie de l'équipe technique. Il est dans le local de monsieur Moreau, pour une rencontre d'information.

Les élèves qui font partie de ce groupe sont responsables d'installer le matériel nécessaire aux grands événements : danses de l'école, projections dans le gymnase. Monsieur Moreau leur apprend comment brancher les ordinateurs, les haut-parleurs, l'équipement de son. Si je comprends bien, le beau Gabriel Lessage sera chargé de la musique lors des danses de l'école. Je vais pouvoir lui faire des demandes spéciales ! Woop, woop !

Malgré ça, je proteste :

— Qu'est-ce qui te fait penser que je suis pâmée sur ce gars-là ? Je ne cherche personne !

Cassandra met son grain de sel :

— Bon ! Encore la même chose ! Cessez de vous obstiner, les filles, c'est fatigant !

Bien entendu, Jo ne lâche pas le morceau. Elle se vante que le beau gars l'a sûrement remarquée. Elle ajoute que son titre de responsable de l'équipe technique le rend encore plus sexy !

Juliane me chuchote qu'elle trouve Johanie trop sûre d'elle. Ju a du caractère mais c'est comme si ça paraissait moins. Elle s'organise toujours pour avoir ce qu'elle veut sans faire de vagues. J'aime bien son style. Elle me ferait une bonne alliée. Discrète mais fonceuse.

10 h 40

J'ai dû renoncer à ma résolution concernant Gab pour le moment, mais je me reprends d'ici la fin de la journée. Autre mission : club d'aide aux devoirs. Madame Faubert m'accueille avec joie. Elle m'informe que les inscriptions auront lieu demain, dans le local de madame Gagnon, à la récréation du matin. Je me félicite de mon initiative, puisque le sourire rayonnant de mon enseignante me confirme qu'elle est fière de moi ! Il s'agit parfois d'un petit compliment de notre part, d'un geste qui prouve qu'on veut aider ou qu'on est dévoué, et les profs tombent sous le charme.

Quand nous entrons en classe, on annonce à l'interphone qu'il y aura une courte rencontre demain, à midi vingt, au local d'entraînement, pour les élèves du troisième cycle voulant faire partie des *cheerleaders*. L'an passé, seize élèves avaient fièrement encouragé notre équipe de soccer. Tous savent qu'il suffit de faire partie de l'organisation pour augmenter sa popularité à l'école et même dans d'autres écoles. Ce qui est cool aussi, c'est qu'il y a des compétitions à travers la ville. Demain midi, il faudra présenter une petite prestation en équipe de six pour démontrer nos talents, question de nous démarquer des autres. Nous serons plusieurs à tenter de faire nos preuves, mais seulement une quinzaine d'entre nous seront choisies. Je sais très bien que je n'ai pas besoin d'audition. Il est évident que l'entraîneur de l'école veut m'avoir dans son équipe. Bien entendu, j'ai formé un groupe avec mes copinettes.

16 h 12

Je suis en route vers ma maison et le magnifique, sublime et adorable Gab est là, devant moi, marchant calmement avec Alexandre. Qui est Alexandre? Il se tient avec du monde cool, sa gang est populaire. Ce sont des gars qu'il faut connaître et fréquenter. Je suis contente de constater que Gabriel a choisi les bons amis. Il n'aurait pas fallu qu'il se tourne vers la gang de Sébastien Larochelle. Oh que non! Ce sont les pires *losers* de l'école Beausoleil.

Bon, je donne un coup de coude à Sandrine pour lui signaler de regarder devant elle. Les yeux ronds comme des pièces de vingt-cinq sous, non, de deux dollars, elle me glisse à l'oreille que je dois faire quelque chose. J'accélère le pas vers les deux gars. Je remarque que Gab porte une guitare en plus de son sac. Pense vite, Anne-Sophie, pense vite. Je plonge.

— Hé! Salut, les gars! On marche avec vous?
Depuis quand tu rentres chez toi à pied, Alex? Je ne
t'ai jamais vu sur mon chemin.

— Je prends l'autobus d'habitude, mais là,
j'accompagne Gab au parc. Je lui fais faire un tour
complet du quartier. C'est moi qui suis responsable
de l'orienter à l'école. Demande de mon prof!

Il en profite pour nous présenter :

— Gab, Anne-Sophie et Sandrine; Anne-So et
Sandrine, Gab.

— C'est super gentil de ta part, Alex. Contente
de te connaître, Gab. Tu te plais dans notre école?
demande Sandrine.

— J'ai bien aimé mes deux premières journées.
C'est bon signe.

J'essaie de glisser un compliment dans la
conversation.

— C'est toi qui as réussi à faire tomber Nicole
Gagnon à la fête d'accueil? Plutôt impressionnant!

— Oui, j'avoue que c'était particulier comme
activité. C'est toujours aussi fou, dans cette école?

— Non, c'était une innovation *foule* originale. Tu
joues de la guitare?

Je veux tout connaître de lui le plus vite possible.

— Il est *foule* bon! m'apprend Alex, tout sourire. Il fait même des concerts avec son oncle. Je l'ai entendu tantôt et ça me donne le goût d'apprendre aussi. Et je dois dire que ça attire les belles filles! Raison de plus pour commencer le plut tôt possible.

Gabriel se passe la main dans les cheveux en riant aux éclats. Wow! Ce gars-là est à moi. C'est non négociable. Personne ne me mettra de bâtons dans les roues sur ce coup-là. Je me lance et je l'invite spontanément à venir chez moi pour écouter de la musique. Pas question de laisser passer une seconde de plus, parce que Johanie va sortir ses charmes et je serai foutue. Difficile à croire, mais, en moins de deux, j'ai un rendez-vous officiel avec LE Gabriel Lessage. Le plus *cute* du monde. Wow! Jo va être *foule* jalouse. Gabriel me dit cependant que ça ne pourra pas être avant le 6 septembre. Il sera pris le week-end prochain, parce qu'il joue dans un concert avec son oncle. *Oh, my God*, je rêve! Guitariste, trop mignon, super gentil, et il sera chez moi dans huit jours. D'ici là, je devrai rester vigilante à l'école, parce que la partie n'est pas gagnée. On se quitte au coin de la rue Paquette, et je poursuis ma route avec Sandrine.

— So, c'est vraiment *foule* cool! Je t'admire tellement!

— J'avoue que je me surprends moi-même. Jo va capoter.

Chapitre 4

Je ferai les plus beaux rêves de ma vie ce soir. En arrivant à la maison, je note ma première discussion avec Gab dans mon journal intime. Je ne manquerai certainement aucune occasion de passer un moment romantique avec lui.

Chapitre 5

Ma nouvelle amie

Vendredi 30 août, 7 h 30

— So, un appel pour toi! Mais qui peut bien appeler aussi tôt le matin? m'interroge maman.

— Merci, ma belle maman, je le prends.

Je saisis le combiné.

— Oui, allo!

— So, c'est Sandrine. As-tu travaillé sur ce que je t'ai demandé hier? N'oublie pas de mettre les feuilles dans ton sac!

— Oui, oui. Relaxe. Je te rappelle qu'il faut que ce que je prépare reste entre nous deux. Personne ne doit mettre la main sur ce document. Ce sera prêt d'ici demain. Ça te va ?

— Juré ! C'est trop cool ! s'écrie mon amie. On aura toutes les réponses des devoirs pour l'année. Imagine le temps qu'on va économiser !

— Oh que oui !

— Tu es la meilleure.

— En passant, n'appelle plus si tôt le matin, ma mère est *foule* frustrée, là. À plus.

— OK, à tantôt.

Comme ma cousine Maxime a eu mon prof l'an passé, elle a gardé tous ses devoirs et leurs merveilleuses réponses. Il paraît que, d'année en année, madame Faubert donne les mêmes. Max m'a donc offert de me photocopier tout ça. Super, hein ? Sandrine et moi serons les seules à connaître l'existence de ce fameux document. De plus, j'ai eu une idée géniale. Étant donné que Johanie m'en fait baver dernièrement, je lui fournirai, sur un plateau d'argent, un cadeau qui lui donnera une bonne leçon... Une version de ce document agrémentée de petites modifications : quelques réponses auront changé. Si elle décide de s'en servir, elle fera plein d'erreurs dans ses devoirs, qui valent pour quinze pour cent de la note d'étape.

10 h 20

Mission club d'aide aux devoirs : je dois me rendre au local de madame Gagnon. À mon arrivée, on me remet une feuille d'inscription sur laquelle je dois indiquer quelques informations telles que mon nom, mon numéro de groupe, ainsi que les raisons qui me poussent à vouloir participer.

Pour la rencontre, madame Gagnon est assistée d'une enseignante de quatrième année, madame Chartrand. Elles nous décrivent ce à quoi nous devons nous attendre : le rôle à jouer, les consignes à respecter, le matériel à apporter, etc.

Les dix-huit personnes présentes écoutent attentivement, et les plus motivées prennent des notes. Madame Chartrand est interrompue par quelqu'un qui cogne à la porte du local.

La prof se dépêche d'ouvrir et accueille la retardataire en lui faisant signe qu'il reste de la place à l'arrière. C'est VÉRONIQUE LAMARCHE ! Elle fixe le sol en longeant les murs. Lorsqu'elle lève les yeux, nos regards se croisent. Je ne sais pas si c'est mon imagination, mais il me semble que son visage devient blanc ! Le dos courbé, la pauvre se tire une chaise et s'installe. J'ai l'impression qu'elle veut tout simplement devenir invisible. Je pense que je lui fais encore peur ! Vraiment trop drôle !

Pourquoi ne pas la niaiser un peu? Pour mettre un peu de piquant dans la matinée, je lui lance un méga sourire! Je veux voir comment elle va réagir. Ne sachant trop quoi faire, elle me renvoie un genre de demi-sourire qui n'en est peut-être pas un. J'ai un peu de mal à interpréter son non-verbal.

En fait, je ne connais pas grand-chose de Véro. Je sais qu'elle s'implique dans le club d'aide aux devoirs depuis maintenant trois ans. Au début, même si elle n'était qu'au deuxième cycle, elle a été choisie par les profs en raison de ses notes parfaites. Je suis certaine que ceux-ci veulent tous l'avoir comme élève, parce qu'elle est docile, travaillante et motivée. Elle n'a pas de vie! C'est sûr qu'elle ne fait qu'étudier et faire des recherches. Elle n'a aucun ami, pas d'activité autre que de se plonger le nez dans les livres. Ses récréations, elle les passe à faire du ménage avec des profs dans leur classe ou à les assister dans la correction. Wow! Palpitant, non?

Et puis, son look n'améliore pas sa cause! Elle est toujours super mal habillée, et ses cheveux sont atroces. On dirait qu'ils n'ont pas été brossés depuis des semaines (c'est ce qu'on appelle avoir les cheveux en broussaille)! Sans parler de son fameux collier. Pas rapport!

C'est la cloche annonçant la fin de la récréation qui me sort de mes pensées. On nous rappelle que nous apprendrons dès lundi qui fera officiellement partie du club. Douze d'entre nous formeront l'équipe cette année.

À la sortie du local, Véronique échappe son étui à crayons par terre. Sans doute par nervosité! Comme il était ouvert, son contenu roule dans tous les sens. Voilà une occasion pour moi d'entrer en jeu : je me précipite pour lui donner un coup de main. En silence, nous rassemblons le tout sans échanger un seul mot. Les mains de Véronique tremblent. Je me dirige ensuite vers ma classe sans un regard derrière moi.

12 h 02

La cafétéria est, comme d'habitude, remplie à craquer. Il n'y a aucun changement dans l'aménagement de la salle. Même chose que l'an passé. Trois sections, pour les trois cycles. En entrant à gauche, c'est le premier cycle, à droite, le deuxième, et le troisième est complètement au fond. Cette dernière zone est toujours facile à remarquer : l'agitation y est plus grande, les tons de voix plus forts, et, à la fin des repas, on dirait qu'un ouragan est passé sur les tables. On voit parfois de la bouffe planer et des jus arroser les alentours.

Les intervenants du dîner sont souvent découragés en constatant que les plus vieux de l'école sont les plus turbulents. Il faut un encadrement strict, puisque certains, comme la gang de Sébastien Larochelle, se permettent de n'en faire qu'à leur tête. Tout le monde connaît ces gars-là, mais nous, on se tient loin d'eux. Ils manquent de classe, ils essaient d'attirer l'attention en faisant des coups plates. De plus, ils sont laids, pas sportifs et trop *gamers*. Ils se vantent de passer des nuits complètes devant leur écran, à jouer à leurs jeux de guerre. C'est *foule loser* de perdre son temps à faire ça!

Johanie, Cassandra, Juliane, Sandrine et moi sommes toujours assises au même endroit. Personne n'ose « voler » l'emplacement réservé aux plus populaires de l'école. Le message est clair encore une fois cette année: ces places nous appartiennent. En face de nous, les gars les plus cool. La gang d'Anthony, d'Alexandre, de Francis, de Cédrick et de Joakim. Ils jouent au soccer et font partie de l'équipe technique. J'ai remarqué que Gabriel Lessage jase avec eux de temps en temps. Gab aura vraiment sa place dans cette bande-là.

Véronique passe devant notre table avec son plateau. Son regard est fuyant et son pas, pressé. C'est Sandrine qui ouvre le bal.

— Hé, les filles! Une jambette pour notre petite Véro préférée?

Fidèle à elle-même, Cassandra ajoute:

— Arrête, Sandrine, tu la laisses tranquille ; on vient d'arriver, là !

Je me lève d'un bond et me dirige avec détermination vers le fantôme ambulant, qui marche de plus en plus rapidement. Le rythme que nous suivons devient ridicule. Elle se sauve et je la poursuis. Cette scène ne peut faire autrement que d'attirer les regards des élèves autour de nous.

Les filles de mon groupe s'attendent à ce que ça tourne mal, ça se voit dans leurs yeux. Elles se disent sûrement que Véro va faire tomber son plateau devant tout le monde. Et tadam ! Je réussis enfin à toucher l'épaule de madame Fantôme. Elle se retourne, les yeux grands ouverts et le souffle court.

— Véronique, je suis un peu gênée de te demander ça, mais j'aimerais que tu te joignes à nous pour le dîner.

Elle me dévisage, stupéfaite. Un long silence passe, puis miss Fantôme me répond :

— D'accord, j'arrive.

Je n'en crois pas mes oreilles ! J'étais sûre qu'elle allait inventer l'excuse la plus poche du monde !

D'après ce que je lis sur son visage, elle n'est pas à l'aise de s'asseoir avec nous et souhaite probablement disparaître. Tout le monde est au courant de notre... comment dire... relation. N'importe quoi !

Mes copinettes à la table chuchotent sans arrêt et attendent la suite de ma mise en scène avec impatience. Il y a seulement Cass qui ne retrouve pas son sens de l'humour. Elle mange son assiette de spaghetti à toute vitesse, genre frustrée. Je me doute bien que ce que j'ai fait ne lui plaît pas. J'essaie quand même de faire la conversation à Véro.

— Comment ça va avec monsieur Moreau ?

— Bien, c'est un bon prof.

Véronique joue nerveusement avec son collier. Elle le frotte tellement qu'on dirait qu'elle s'attend à ce qu'un génie en sorte pour exaucer ses vœux, comme dans *Aladin et la lampe merveilleuse*.

— Veux-tu un peu de mon gâteau au chocolat ? lui offré-je.

— Non, merci, je n'ai pas très faim.

Cass chuchote à l'oreille de Jo entre deux bouchées, avec sa face de fille qui ne comprend plus rien.

12 h 23

C'est l'heure de notre rencontre de *cheerleaders*. On compte plus d'une trentaine de filles super énervées au gymnase. Assises sur le banc, nous attendons les consignes avant d'entrer en scène. Nous devons en mettre plein la vue si nous voulons être sélectionnées pour représenter l'école. C'est super important, parce que, quand tu fais tes preuves au primaire, tu as de meilleures chances de continuer au secondaire.

Voici comment se déroule la séance de qualification. On demande deux équipes de six sur scène. La compétition débute entre ces deux groupes. Un seul est choisi, puis deux autres présentent ce qu'ils ont préparé, et ainsi de suite. Notre groupe est formé de la façon suivante : Sandrine, moi (la meilleure – petite farce : j'avoue que c'est Juliane), Cassandra, Sara (sa cousine), Johanie et Juliane. C'est évident qu'on est les candidates idéales : sportives, douées, compétitives !

C'est à notre tour ! « Les Pink Sisters ! » crie l'animatrice dans son porte-voix. Sourire aux lèvres, c'est avec assurance que nous nous lançons sur le tapis. Il fait chaud dans le gymnase. Sur une chanson de Rihanna, nous exécutons des mouvements gracieux et parfaitement synchronisés. Eh bien, merde de merde ! Je m'aperçois que nous affrontons la gang de Chloé Bourque ! Eurk ! Qui est Chloé Bourque ? Une fille que je déteste, qui me donne la nausée. Elle se prend pour une autre ! Sérieux, elle pense qu'elle connaît absolument tout. Cette conne sort toujours avec les mêmes gars que moi (une fois que je les ai laissés tomber). Elle cherche constamment l'attention, peu importe avec qui elle est. Bref, je la trouve *foule* innocente et la voir dans la compétition me donne envie de le lui faire payer ! Je me fais le devoir de lui montrer qu'elle n'a pas d'affaire ici !

Au moment où miss Bourque passe devant moi, j'étire discrètement mon pied pour lui faire une jambette. Mon geste est presque instinctif. Une de mes pires ennemies se retrouve étendue sur le sol, rouge comme une tomate, la honte lui remontant jusqu'aux oreilles. Wow ! Le coup du siècle ! C'est certain qu'elle voudrait appuyer sur *DELETE*. Se faire effacer de la planète Terre ! Ça lui apprendra à faire sa fraîche ! Ma face intérieure est celle d'une fille qui assiste au spectacle d'humour le plus hilarant de tous les temps.

En tombant, la pauvre en a fait trébucher deux autres, qui étaient trop occupées à fixer le jury, tout sourire, plutôt que de regarder devant elles. J'essaie de rester impassible, mais j'ai vraiment le goût de pouffer. De plus, mes copinettes ne m'aident pas. Juliane et Sandrine se tordent de rire en dansant. Les filles par terre se relèvent et tentent de continuer comme si de rien n'était. Je comprends rapidement que je me suis fait de nouvelles ennemies, puisque les coéquipières de Chloé font leur face de frustrées en me fixant chaque fois qu'elles passent devant moi.

La séance de qualification se termine. Des cris de satisfaction et des applaudissements se font entendre de partout. Ça ne prend pas deux minutes que le nouveau prof d'édu, venu assister à la compétition comme simple spectateur, vient me voir, accompagné de mes nouvelles ennemies, pour me faire des reproches.

— Toi, là! Qu'est-ce qui te prend d'agir aussi méchamment envers tes adversaires? À cause de toi, trois filles sont tombées!

— De quoi tu parles? Si elles ne savent pas mettre un pied devant l'autre, ce n'est pas mon problème! Ce n'est pas toi qui t'occupes de la sélection des *cheerleaders*. Mêle-toi de tes affaires!

Juliane me fait un clin d'œil en signe d'approbation et d'encouragement.

— Eh bien, ça ne se passera pas comme ça, réplique le prof d'édu. Donne-moi ton nom, je m'occupe de ton cas!

— Elle s'appelle Anne-Sophie Poirier. Tout le monde la connaît et c'est une *bitch*! ajoute Chloé avec son air arrogant.

— Voilà! Tu l'as, mon nom, lancé-je au prof. Maintenant, je peux partir? J'ai autre chose à faire que d'écouter ton petit sermon à la con.

Il me dévisage en serrant les dents et me tourne le dos sans rien dire.

Quand on arrive au vestiaire, Juliane me dit qu'elle me trouve *foule* bonne pour argumenter. Sandrine est totalement sans mots et m'écoute raconter mon histoire en silence. Johanie n'arrête pas de rire, tandis que Cass, elle, semble un peu fâchée contre moi. C'est son côté sensible. Elle n'aime pas quand je niaise. Ce n'est pas la fin du monde de faire tomber une fille, mais, pour Cass, ça ne passe pas. Dans ce temps-là, je n'insiste pas.

16 h 30

Julien la peste n'est pas encore là, alors j'en profite ! Un peu de Facebook avant qu'il arrive. J'aimerais bien savoir si Gabriel Lessage est sur le réseau. Si c'est le cas, je vais lui envoyer une demande d'amitié. Je constate que les filles sont déjà branchées, à part Jo.

Cassandra : Alors, raconte, So, on attend ! D'où vient ton envie bizarre d'être amie avec Véronique Lamarche ? Tu te cherches de nouvelles copines ?

Moi : Je n'ai rien à dire. Véro et moi étions ensemble à la récréation pour l'inscription au club d'aide aux devoirs. Je l'ai aidée à ramasser ses affaires, qu'elle avait échappées. Je ne suis pas toujours un monstre, Cass ! Quand même !

Cassandra : Et tu nous imposes tout bonnement une nouvelle fille dans la gang sans nous en parler ? Tu décides toujours de tout, So ! Ça devient lourd, là !

Petite parenthèse : je pense que Cass se défoule comme ça parce qu'elle est encore frustrée contre moi au sujet de cette jambette que j'ai faite à Chloé. Selon elle, c'est inacceptable.

Sandrine : C'est vrai que c'est étrange qu'on mange en compagnie de Véronique Lamarche.

Juliane : Véro et So, les meilleures amies du monde ! Ça sonne drôle ! C'est parce que tu veux te faire pardonner ?

Moi : Je n'ai rien à me faire pardonner. Arrêtez de dramatiser, merde !

Cassandra : Bon, si c'est comme ça, je quitte.

Sandrine : Moi aussi, j'ai des tâches qui m'attendent.

Moi : Et toi, Juliane ?

Moi : Juliane ?

Au bout de quelques secondes, une nouvelle petite fenêtre apparaît. Juliane a lancé une deuxième conversation, seulement entre nous deux cette fois.

Juliane : Désolée, j'étais à la salle de bain.

Moi : Les filles semblent tellement frustrées à propos du fait que j'ai parlé à Véro… Gros drame, là !

Juliane : Sérieux, raconte… On est seules toutes les deux, là. Je te connais ! Tu as quelque chose derrière la tête, toi !

Moi : Tu sais garder un secret, Ju ? Je peux te faire confiance, n'est-ce-pas ?

Juliane : Oh oui, compte sur moi, alors vas-y !

Moi : Je te jure que je vais faire tomber Véronique Lamarche comme une mouche. Je vais l'amener à manger dans ma main et, oups ! elle va glisser dans un trou encore plus creux que celui de l'an passé. Embarques-tu avec moi ? Ça va être *foule* intéressant ! Que toi et moi, d'accord ? Au diable le code secret.

Juliane : Je suis avec toi sur toute la ligne, So, je promets de ne rien dire. J'entre en jeu quand tu veux !

> Moi : Super ! On forme une équipe secrète, toi et moi. Bonne nuit, ma *BFF*.

> Juliane : Bonne nuit.

Samedi 31 août, 19 h 27

Mon lit est le meilleur endroit où je puisse me détendre. Vive le week-end ! Je feuillette mon magazine *Cool!*. Le *Cool!* est une mine d'informations sur les derniers potins de stars, les nouvelles tendances et les trucs beauté. Vraiment intéressant ! À la page 13, ce mois-ci, il y a une recette pour faire un masque maison. Cependant, ma partie préférée est sans aucun doute le questionnaire. Le thème cette fois est le sens de l'amitié : « Es-tu une bonne amie pour tes copines ? » Je suis à l'étape de la compilation des résultats lorsque le bruit de ma porte qui s'ouvre me fait sursauter. Sandrine et sa sœur apparaissent dans ma chambre avec des sacs de bonbons dans les mains.

— Surprise ! On t'apporte une petite gâterie. Toi et moi, on fête nos premiers jours d'école de notre dernière année du primaire ! J'ai convaincu ma sœur de venir avec moi !

Sandrine a toujours mille et une raisons de fêter. Son enthousiasme en vient à me taper sur les nerfs.

— Salut, vous deux! C'est vraiment gentil de votre part. Je lisais le *Cool!*.

— T'as vu l'article sur Jennifer Lawrence? me questionne Sandrine.

— Non, pas encore, j'étais juste rendue au questionnaire du mois.

Parenthèse: disons simplement que je garderai mes résultats pour moi. Ce questionnaire à la con est complètement ridicule. D'après les réponses que j'ai données, je suis une personne centrée sur elle-même qui a besoin de prendre du recul par rapport aux amitiés qu'elle entretient. Le manque de solidarité et de délicatesse fait de moi une fille qui s'emporte facilement et qui laisse tomber celle qui a besoin qu'on l'aide. On me conseille de développer mon sens de l'écoute et de l'empathie. Par contre, on dit que je suis sans aucun doute une rassembleuse et que j'ai un talent extraordinaire pour organiser des événements spéciaux. Pour ça, je suis d'accord avec le test.

Souvent, le week-end, nous organisons une sortie à l'arcade, au cinéma, une location de film, une séance beauté ou de magasinage. Ce soir, Juliane et Cassandra ont décidé d'aller voir le nouveau film de Zac Efron (l'acteur le plus parfait de la terre, comme dit Cass). Sandrine et moi n'étions pas d'accord avec ce choix. Nous aurions préféré voir le nouveau film d'horreur à l'affiche. Décision finale : nous séparer dans le but d'éviter une Troisième Guerre mondiale.

Je ne regrette pas d'être restée à la maison. Ça se passe merveilleusement bien. La sœur de Sandrine, qui nous offre de son temps avant d'aller à un party, nous aide à essayer la recette du masque maison de la page 13, pour une peau parfaite ! Wow ! Totalement génial ! Les autres filles vont être jalouses ! J'accorde des points *Aérocool* à Sandrine pour avoir pensé à inviter sa sœur tripante au cube. Donc, masque de beauté, manucure, potinage et discussion sérieuse à propos des nouvelles tendances côté mode.

À neuf heures quinze, Johanie, Juliane et Cassandra débarquent chez moi. Je ne m'attendais pas à ce qu'elles se pointent ici après leur sortie cinéma.

— Bonsoir, les copinettes ! Vous avez manqué un film extraordinaire ! s'exclame Cass, les yeux en cœur. Quel magnifique acteur ! Il est *foule* parfait ! Son sourire me fait craquer !

Elle tourne sur elle-même comme une ballerine en ne prêtant aucune attention à la conversation qu'elle vient d'interrompre. Elle est encore dans les nuages en compagnie du beau Zac.

— Certainement! approuve Johanie. Je dirais même qu'il ressemble drôlement à Gabriel!

— Ne parle pas de lui! Disons qu'il ne faut pas aborder ce sujet! réponds-je.

— Bon, bon! Tu cherches à nous rappeler qu'il t'appartient et qu'on risque gros si on tente notre chance avec lui! ajoute Jo.

Je ne peux m'empêcher de répliquer:

— Tu n'as qu'à passer à l'action, Jo, si tu te crois si irrésistible que ça! Moi, je ne reste pas là à attendre qu'il me déroule le tapis rouge! Les gars aiment les filles entreprenantes. J'ai lu ça dans le *Cool!* du mois dernier.

— Si j'entre en action, tu vas pleurer toutes les larmes de ton corps, toi! me menace Jo.

Ma mère entre alors dans ma chambre sans cogner, ce qui me frustre au plus haut point! Elle ordonne à tout le monde de partir sur-le-champ, sans me demander mon avis! Humiliation totale! Jacynthe, ma mère *foule* pas de mon époque, vient de perdre beaucoup de points *Aérocool!* Elle cherche juste à me faire suer! Ça se lit sur mon visage que je bous de rage. Heureusement, elle me laisse décompresser toute seule dans ma chambre. Depuis l'épisode « suspension » du mois de juin, elle est devenue encore plus sévère. La moindre chose la contrarie.

Cette soirée a débuté sur une bonne note, mais se termine plutôt mal.

Dimanche 1ᵉʳ septembre, 10 h

Ouah! Ma mère nous oblige à faire une activité en famille! Je dois participer à la fête du quartier. Ça fait quatre ans que je vais à ce foutu événement, mais elle ne comprend tout simplement pas que j'ai passé l'âge des jeux d'eau, des structures gonflables et de tout le reste. Départ: midi. Heure du retour: indéterminée. Chaque fois, ça s'éternise. C'est la faute des adultes, qui se ramassent ensemble pour jaser. Cette fête est davantage pour eux que pour les enfants! Mais ça ne dérange pas Julien, qui est fou de joie! Il ne tient plus en place et demande constamment quand est-ce qu'on part.

13 h 27

Ça fait une heure que nous sommes arrivés à la fête. Je n'ai pas encore vu Sandrine et sa mère, qui devaient venir pour une première fois au rendez-vous du quartier. Je m'installe sous un arbre pour lire, le temps que quelque chose se passe. Maman fait sa face de frustrée parce que je ne m'occupe pas de Julien. Il est assez grand pour s'occuper de lui par lui-même ! Il est là, dans les structures gonflables, le sourire aux lèvres, essoufflé. Il n'a pas besoin de moi !

Quelqu'un me fait sursauter en arrivant par-derrière et en criant au meurtre. J'échappe mon livre par terre. Heureusement, c'est juste Sandrine. Elle rit de moi et me donne la main en insistant pour que je décolle mes fesses de là.

Énervée comme une fillette de cinq ans qui découvre son terrain de jeu, elle sautille partout, m'incite à aller me promener. Son prétexte : tout d'un coup que Gabriel ferait son apparition ! Tadam ! J'avoue ! C'est un argument de taille. D'un bond, je me lève pour scruter l'horizon de mon regard d'aigle cherchant sa proie. Je retrouve le goût de vivre. Sandrine me contamine avec sa bonne humeur. J'ai tout à coup la motivation nécessaire pour me remuer et dire adieu à cet arbre qui me tenait compagnie depuis une longue heure.

L'exploration des lieux nous permet de constater qu'aucun Gabriel digne de ce nom n'est sur place. Bof, pas bien grave ! J'ai maintenant mon amie super joyeuse à mes côtés, et le reste de la journée s'annonce un peu plus intéressant. En plus, je vais pouvoir me divertir un peu : Véronique Lamarche attend en file devant le casse-croûte pour s'acheter quelque chose.

J'ai une idée de génie, mais je dois éloigner Sandrine avant de mettre mon plan d'attaque à exécution.

— Sandrine, peux-tu m'attendre un instant? Je voudrais demander un peu d'argent à ma mère, qui est là-bas. On se donne rendez-vous dans cinq minutes au comptoir de crème glacée. J'ai le goût d'un bon sundae au chocolat et aux noisettes.

— Parfait pour moi! Je vais faire un tour aux toilettes. On se revoit tantôt.

J'envoie la main à Julien, qui est aux balançoires, pour lui signaler de venir me voir. Il se précipite vers moi avec un point d'interrogation sur le visage.

— Julien, j'ai besoin de toi pour une mission. Tu vois la fille avec un chandail vert devant le casse-croûte? Je te remets ma liqueur et tu dois la renverser sur elle. En échange, je t'offrirai dix dollars et je ne toucherai pas à l'ordinateur durant une semaine complète. Une semaine d'ordi que pour toi! Tu es d'accord?

Les yeux de Julien m'apprennent que sa réponse est positive. De l'argent et du temps à l'ordinateur: de quoi le rendre fou de joie.

— Dernière chose, lui dis-je. Regarde-moi sérieusement, là. Tu n'en parles pas à ma mère ni à ton père, sinon ça va aller très mal pour toi! Tu comprends? Vraiment mal!

Il se met à courir sans hésiter et fonce tout droit sur Véronique. Faisant semblant d'être maladroit, il lui lance son verre et elle se retrouve complètement trempée, sans rien comprendre de ce qui lui arrive. Julien me cherche du regard comme s'il voulait revenir vers moi, mais, pour ne pas risquer de me faire remarquer, je me suis cachée dans les buissons pour admirer le spectacle de loin. Julien retourne s'amuser sans s'inquiéter davantage de ma disparition. J'ai hâte de voir comment Ju va réagir à cette anecdote secrète!

En résumé, cette sortie est une réussite. Sandrine, avec sa bonne humeur, m'a changé les idées et a rechargé ma batterie de bonheur. On a tout fait! Les structures gonflables, les concours de jeux de poches, la peinture sur la peau et les jeux d'eau. Nous avons ri comme des folles en retombant en enfance, genre sept ans en arrière. De plus, j'ai eu droit à une rigolade supplémentaire en assistant au spectacle de Véronique trempée par ma liqueur. Wow! Je ne m'attendais pas à avoir autant de plaisir en ce dimanche qui s'annonçait ennuyant. Je n'ai peut-être pas croisé Gab, mais il sera chez moi dans exactement cinq jours! Woop, woop!

Vendredi 6 septembre, 17 h 45

Le cœur va me sortir de la poitrine! Je n'arrive pas à y croire! Gabriel Lessage viendra faire un tour chez moi dans quarante-cinq minutes! La semaine m'a paru tellement longue! Sandrine me trouvait super énervante avec mes histoires de gars. En revenant de l'école, chaque jour, je lui récitais ma comptine préférée, une petite chanson inventée que voici :

> *Dans quatre jours, ce sera mon tour,*
> *Gabriel Lessage sera chez moi*
> *C'est-à-dire dans la rue Dubois!*

> *Impossible d'imaginer*
> *Que le plus beau gars sera à mes côtés!*
> *Il deviendra mon amoureux,*
> *Ce super guitariste talentueux!*

— So! C'est vraiment fatigant! Sérieux, es-tu obligée de me casser les oreilles avec ça? Et puis, les paroles sont trop bébés!

— Hé! C'est juste de la jalousie! Laisse-moi profiter de mon bonheur! Et avoue que je suis bonne pour composer des comptines!

— *Foule* bonne, Anne-Sophie! raille mon amie. Ça me rassure que tu sois capable de faire des rimes, parce que, ces temps-ci, tu agis comme quelqu'un qui n'a plus de cervelle. Je ne sais pas si c'est ça, l'amour, mais, si j'avais à émettre une hypothèse scientifique, je dirais que le sentiment amoureux a un effet direct sur le cerveau des filles : elles se mettent à faire des niaiseries totalement immatures. Même qu'il nous est presque impossible de reconnaître nos amies aux prises avec ce phénomène mystérieux.

J'ai le fou rire. Son commentaire est trop drôle. Elle a peut-être raison parce que, normalement, j'aurais été frustrée de me faire traiter de sans cervelle, mais là, je suis crampée !

Bon ! Revenons à ma soirée. Je me suis organisée pour que Julien soit occupé avec son meilleur ami. Ils vont jouer à des jeux vidéo. Comme ça, il ne sera pas sur mon dos pendant mon temps précieux avec Gab. Ma mère m'a promis de se faire discrète. Simon et elle vont continuer de décaper la rampe d'escalier en vue de la reteindre. De quoi les occuper pendant un bon bout de temps. De mon côté, j'ai préparé ma *playlist*, un film au cas où on déciderait d'en écouter un (genre film d'action, pour qu'il me dise que j'ai du goût en matière de cinéma) et de petites grignotines. Nous nous installerons au sous-sol. La paix !

Gabriel arrive à exactement dix-huit heures trente-cinq. Il a apporté sa guitare. Wow ! Vraiment *foule* tripant ! Ma mère me laisse répondre à la porte et se transforme en fantôme, alors que j'accueille mon soi-disant ami ! Je l'entraîne dans le salon du sous-sol, sans même penser lui faire visiter ma maison. Je suis *foule* nerveuse. Il ne faut pas que je le laisse paraître.

Ça ne fait que dix minutes que Gab est là que ma mère descend, suivie de Simon, avec un gros plat de crudités. Des crudités! Trop poche! On dirait que j'ai encore cinq ans et qu'on m'organise une fête d'après-midi! Bon, je dois avouer que le fait que ma mère soit discrète et laisse de côté sa facette envahissante me soulage beaucoup. Je n'aurais vraiment pas aimé qu'elle soit toujours là, à essayer d'engager la conversation avec Gab. Elle se présente et salue mon invité sans en rajouter, nous souhaitant une bonne soirée. Cent points *Aérocool* pour maman!

— Ta mère est cool! Elle ne semble pas trop compliquée! commente Gab.

Wow! Il trouve ma mère cool! Si elle l'est, moi aussi, je le suis!

Je le remercie, tout simplement, sans m'étendre sur la perception que j'ai de ma mère. Une fille doit apprendre à ne pas trop en révéler si elle veut alimenter son côté mystérieux. Paraître intrigante, ça peut être payant!

— Tes parents sont gentils aussi? demandé-je.

— Tu vas les rencontrer quand je vais faire mon party de fête. Ils seront là, mais ça ne pose aucun problème : je m'entends bien avec eux et ils sont doués pour organiser des soirées intéressantes.

J'ai tellement hâte d'aller à sa fête dans un mois! Ça me paraît une éternité! Gab a invité plusieurs personnes. Il s'est dit que ce serait une bonne façon de se faire des amis. Disons qu'il y est allé un peu fort, parce qu'il a même invité Pierre-Olivier Leduc, le gars le plus tache de toute l'école! Il a toujours des comportements et des idées bizarres. Complètement dans sa bulle! Il perd toutes ses affaires et joue constamment à des jeux vidéo. Comme trop! Jouer de temps en temps, ce n'est pas si mal, mais lui, c'est comme s'il vivait dans son monde virtuel. En français, les sujets de ses compositions et de ses exposés ont toujours un rapport avec des person-nages irréels. C'est fou! Je devrai parler de tout ça avec Gab en temps et lieu. Je me ferai un devoir de lui expliquer quelles sont les gangs acceptables à l'école. Je vais aussi lui conseiller d'ajouter à sa liste quelques filles de l'équipe de cheerleading (j'en fais partie, c'est confirmé : c'était évident que je serais choisie). Du monde populaire ne peut que rendre l'ambiance plus intéressante.

Disons toutefois que mon temps de qualité avec le plus beau gars de la terre aura été un peu court. Sandrine et Johanie se pointent chez moi! Difficile à croire, mais vrai! Les filles arrivent tout bonnement, je dirais même hypocritement, en prétextant l'envie de prendre de mes nouvelles ! Vingt minutes seulement après que nous nous sommes installés pour écouter de la musique ! Quand Gab me propose de me montrer des accords à la guitare, mes deux supposées amies se calent confortablement dans mon divan. Je fais ma face de fille en choc post-traumatique, mais elles ne semblent pas impressionnées par mon langage non verbal.

Ma première soirée avec mon futur chum ne se déroule pas comme je l'avais imaginé. Ce n'est pas la catastrophe, mais il n'y a pas de romantisme non plus. J'aurai une sérieuse discussion avec mes copinettes, demain ! Ça se termine par le film que je gardais comme plan B. Jo et Sandrine commentent l'histoire comme si de rien n'était. Mais mes amies me connaissent assez bien pour savoir que je bous intérieurement.

Une fois le visionnement terminé, tout le monde part sans que Gab ait pu me révéler ses sentiments. Je suis certaine qu'il m'aurait dit à quel point il me trouve jolie, si on avait été seuls. Peut-être qu'il m'aurait demandé d'être officiellement sa blonde. Les filles me doivent des explications. C'est quoi, l'idée de gâcher mon précieux temps avec mon futur amoureux sans se sentir le moindrement coupables ?

Chapitre 6

Cachette secrète pour mission bobettes

Lundi 9 septembre, 8 h 43

Ce lundi matin est propice aux bonnes nouvelles. Voici pourquoi :

1. Gab m'a saluée en arrivant à l'école ! Il s'est dirigé vers moi d'un pas rapide pour venir me raconter son week-end ! Wow ! Trop génial ! Il m'a même dit qu'il a vraiment aimé sa soirée avec moi ! (Et mes amies fatigantes !)

2. Ma candidature au club de devoirs a reçu une réponse favorable. Que demander de mieux?

Nous en sommes déjà à notre deuxième semaine d'école et madame Faubert ne perd pas plus de temps avant de nous mettre à la tâche. Il faut faire preuve d'originalité et d'entraide en créant une œuvre collective sur le thème de l'année. (Je n'ai qu'à m'imaginer madame Gagnon dans le bassin d'eau et je suis *foule* inspirée.) Il est obligatoire de participer à la toile en y apposant sa touche personnelle. On accrochera ensuite les réalisations de chacun des groupes à la cafétéria, question d'y mettre un peu de couleur et de joie. J'adore les travaux d'équipes. C'est l'occasion rêvée de rire des autres, de passer des commentaires que la prof ne peut entendre, de s'échanger des notes secrètes et des dessins super drôles. Je suis placée avec Sandrine et Johanie, bien entendu!

— Anne-So! As-tu ton linge d'édu? me demande Sandrine. On a du basket à la deuxième période.

— Mais oui! Où penses-tu que j'ai la tête, Sandrine la sardine!

— Dans les nuages, avec ton beau Gabriel! Hummmmm!

— Arrête tes farces plates et essaie de te faire un chum, comme moi, à la place!

Chapitre 6

Le vestiaire pue les vieilles chaussettes sales! Je franchis le seuil et j'arrive face à face avec Véronique, qui longe les murs comme si elle voulait se rendre invisible.

— Hé! Véro! lancé-je. Tu viens de finir ton cours de gym? Comment vas-tu?

Véronique m'adresse un sourire forcé en continuant sa route vers une cabine, pour se changer. C'est à cet instant qu'une idée de génie me vient à l'esprit!! Pourquoi ne pas prendre Véronique en photo, à moitié nue, sans qu'elle s'en rende compte? Tadam! Quel *scoop*! La pauvre Véro en bobettes à la une du journal de l'école Beausoleil!

Chaque jour un, mon groupe croise celui de monsieur Moreau au vestiaire. Je vais donc organiser la mission bobettes pour le prochain jour un. Je dois absolument en discuter avec Ju!!! Elle saura comment m'aider à planifier le tout. Pas question d'en parler à Sandrine la tête de sardine ou encore à Johanie, qui cherche constamment à me prendre en défaut! Et j'oublie Cass, bien sûr, qui tenterait par tous les moyens de m'empêcher d'agir. La bonne personne pour m'assister, c'est Juliane, personne d'autre.

10 h 28 (la récréation)

Cachées en dessous de l'arbre au fond de la cour, Ju et moi avons notre premier remue-méninges (comme dirait madame Faubert) au sujet de la mission bobettes. Nous faisons la liste des étapes à suivre pour un plan de match réussi. Personne ne doit entendre notre conversation ultrasecrète. Juliane me fait part de ses idées:

— Bon! Il faut que ce soit lundi prochain, jour un, à la deuxième période. Toi, tu as de l'édu, donc pas de problème, mais, de mon côté, je vais devoir faire semblant d'avoir un énorme mal de ventre à neuf heures trente. Il faut que madame Gagnon me laisse aller aux toilettes.

— Super! J'apporterai mon iPod. Ton rôle sera de jaser avec elle avant qu'elle se change, le temps que tout le monde quitte l'endroit. Tu devras entretenir la conversation pour qu'on finisse par n'être que toi et moi dans la pièce avec Véro. Pas de témoin! Lorsqu'elle sera sur le point d'entrer dans la cabine, tu sortiras en t'arrangeant pour qu'elle te voie partir, et moi, je me glisserai dans celle juste à côté. Je monterai sur le couvercle de la toilette ou sur la rampe pour handicapés et, par-dessus le panneau, sans bruit, je prendrai la photo.

— Change de sujet! Les filles arrivent! me chuchote Ju.

— Hé ! On vous cherche depuis tantôt ! Vous faites quoi ? nous questionne Cass, toujours aussi dépendante.

Cass ne peut tout simplement pas respirer sans nous ! C'est dommage, parce qu'à cause de ça, je n'arrive jamais à avoir un moment d'intimité avec Juliane. C'est comme s'il fallait qu'on soit tout le temps les cinq ensemble, à la vie, à la mort. Pas question d'exister les unes sans les autres. Parfois, je trouve ça un peu lourd. Sommes-nous obligées de tout faire en groupe ? Je trouve que notre code secret devient un peu trop poche. Il va falloir que je parle de ça aux filles bientôt, avant que je fasse une crise de nerfs.

— Rien, on relaxe un peu, réponds-je.

— On aurait dit que vous vous cachiez de nous ! Je déteste ça, quand je sens des petites manigances dans mon dos ! Le code secret n'a pas été inventé pour rien, je vous rappelle !

— Sérieux, Cass ! Arrête de nous faire la morale ! On a le droit de souffler deux minutes sans avoir de comptes à vous rendre !

12 h 03 (à la cafétéria)

On sent l'effervescence à la cafétéria. Un bouillonnement de bruits assourdissants résonnent dans la salle, et ce, malgré les avertissements des surveillantes du dîner. Des effluves de soupe rendent l'endroit accueillant, me rappelant l'odeur de la cuisine de ma grand-mère.

Comme d'habitude, la gang de Sébastien lance de la bouffe et rit tellement fort qu'on ne s'entend plus parler. Les surveillantes tolèrent un peu trop d'écarts de conduite, et les élèves en profitent. Je fais de gros yeux à Sébastien parce qu'il a lancé près de notre table un quartier de nectarine, que j'écrabouille de mon pied. Ce gars-là est un épais au carré; non, au cube!

Encore une fois, j'invite Véronique à s'asseoir avec nous. C'est comme si elle se sentait obligée d'accepter ma proposition, qu'elle avait peur de me dire non. Elle mange en silence en tripotant nerveusement son collier, tandis que les autres jasent de tout et de rien.

Je l'interroge alors sur le fonctionnement de l'aide aux devoirs. Je veux qu'elle sente que je suis intéressée. Je lui pose quelques questions concernant nos engagements: quel sera mon rôle chaque semaine? Est-ce plaisant de donner un coup de main aux plus jeunes? Que dois-je apporter? Et bla, bla, bla... En fait, mon intention est de briser la glace en l'amenant sur un terrain connu, en vue de créer un certain lien entre nous deux. Cass, toujours gentille et aimable, tente par tous les moyens de rendre notre «nouvelle amie» à l'aise. Elle lui pose des questions comme : que représente le fameux collier qu'elle porte depuis si longtemps? C'est un cadeau? Que signifient les lettres qui y sont inscrites? Les réponses de Véronique restent brèves. Son malaise est palpable. À plusieurs reprises, Juliane m'envoie des œillades espiègles. On n'a qu'à se regarder pour comprendre ce que l'autre pense. Une vraie complicité.

16 h 12

Sur le chemin du retour, je suis littéralement bombardée de questions. Sandrine veut encore une fois tout savoir. Pourquoi inviter Véro à notre table? Quelle mouche m'a piquée? C'est quoi, le but de mes manigances? Je ne lui donne aucun détail. J'ai le droit de parler à Véronique si ça me tente. La discussion se termine rapidement et Sandrine reste sur son appétit.

En arrivant à la maison, je constate que je ne peux pas avoir la paix : comme ma mère s'en va faire l'épicerie, quelqu'un doit s'occuper de Julien. Bien entendu, cette tâche me retombe sur le dos! Je déteste lorsqu'elle me fait ça!

Vendredi 13 septembre, 12 h 30

Entraînement de *cheerleaders*. En fait, je devrais dire RÉUNION de *cheerleaders*. Notre entraîneuse va sans doute nous parler des règlements, de ses attentes pour cette année, des dates des compétitions et des feuilles à faire signer par nos parents.

Je suis assise sur le banc, attendant le début de la rencontre. Notre entraîneuse parle discrètement avec le directeur. J'ai l'impression que ça leur prend une éternité ! Pendant ce temps-là, Chloé Bourque, qui a malheureusement été sélectionnée elle aussi, n'arrête pas de me faire des yeux de vache enragée.

Je sursaute en entendant monsieur Latour crier mon nom comme si j'avais mis une bombe dans son école.

— Anne-Sophie Poirier ! Il semblerait que tu aimes mettre du piquant dans nos compétitions scolaires ? Nous aurions devant nous une professionnelle de la jambette, à ce que j'ai entendu dire ?

Je ne peux pas croire qu'il m'apostrophe de la sorte devant toute l'équipe. Quelle honte ! Il est devenu fou ou quoi ? Je sens mes genoux trembler sans être capable de les retenir. Je dois trouver quelque chose à dire, et vite.

— Je ne vois pas de quoi vous parlez, monsieur Latour.

— Ne joue pas à ça avec moi, ma chère! Plusieurs témoins t'ont vue faire trébucher Chloé lors de la formation du groupe. Tu as deux secondes pour t'expliquer et réfléchir à ton geste réparateur. Nous attendons!

— Je pense simplement que Chloé veut se venger en répandant des rumeurs ridicules à mon sujet. Jamais je n'oserais me comporter de la sorte, monsieur Latour. Si Chloé est maladroite, je ne peux que lui donner quelques conseils, rien de plus.

— D'accord, tu as choisi ce chemin... Tu es suspendue pour les trois prochaines rencontres. Tu devras ensuite présenter tes excuses devant les élèves de la classe de Chloé. À ton retour, je veux que tu apportes une liste de « manières d'avoir un comportement exemplaire dans un groupe de *cheerleaders* », que tu liras à tes collègues.

Je quitte rapidement vers le vestiaire, la gorge nouée par les émotions. Ce directeur me fait suer royalement. J'ai l'air de quoi, maintenant? La seule chose qu'il me reste à faire est de préparer ce qu'il m'a demandé et de marcher la tête haute sans avoir l'attitude d'une fille abattue. Je présenterai mes excuses et sa foutue liste sans en paraître le moindrement humiliée.

Lundi 16 septembre, 8 h 05

Ma journée commence brutalement. J'aperçois Jo qui m'attend dans la cour, des feuilles à la main et un air enragé au visage. J'ai à peine le temps de mettre un pied sur le terrain de l'école que j'ai droit à une méga scène de sa part. Madame m'insulte devant tout le monde en criant que c'est ma faute si la note de ses devoirs est aussi poche.

Les filles ne prêtent pas trop attention à notre dispute. Juliane, Sandrine et Cass parlent mode et s'échangent des conseils beauté pendant que je tente d'entraîner Johanie un peu plus loin.

— Anne-Sophie Poirier! Je ne peux pas croire que tu sois aussi méchante que ça! Me remettre un document rempli de mauvaises réponses... Tu tombes vraiment bas dans mon estime!

— Tu te calmes et tu respires par le nez! Je ne suis pas responsable de tes notes, tu sauras! Si tu n'es pas capable de retranscrire correctement les informations secrètes que je t'ai données, ce n'est certainement pas mon problème! Il faut être totalement tarte pour avoir les bonnes réponses entre les mains et faire des erreurs en les transposant sur des feuilles identiques. J'ai voulu te rendre service, mais il semble que ça te prend un mode d'emploi!

— Laisse faire, So! En plus de me prendre dans tes filets, tu veux me faire croire que tu es blanche comme neige. Une vraie pro! J'ai déchiré le document et l'ai jeté à la poubelle. Ne t'avise pas de tenter le coup avec quelqu'un d'autre. C'est avec plaisir que je te mettrai dans le trouble.

Johanie tourne les talons en direction de Sara, la cousine de Cass, et je vais retrouver les filles, qui ne semblent pas trop remarquer que je suis là. C'est parfait comme ça. Mon rôle est de rester discrète aujourd'hui, car c'est le grand jour! Je m'assure que j'ai en ma possession tout ce qu'il me faut pour la «mission bobettes». À la deuxième période, Ju et moi passerons à l'action!

9 h 28

Le vestiaire sent toujours aussi mauvais. Eurk! Juliane est déjà au rendez-vous. Elle se replace une mèche de cheveux devant le miroir, mine de rien. Personne ne doit être témoin de la mise en scène qui aura lieu dans quelques minutes. Je salue mon amie à la dérobée en déposant mon sac. Je suis prête. Comme prévu, Véronique termine son cours d'éducation physique. Elle s'approche de la fontaine, le souffle court. J'en profite pour l'aborder.

— Salut, Véro! Et puis? Vous avez fait quoi dans le cours d'édu aujourd'hui?

— Un tournoi de tchoukball.

— Sérieux ? Et tu es bonne ? Moi, je suis totalement poche !

— Je ne suis pas très bonne non plus...

Juliane prend la relève et se met à jaser avec Véronique. De mon côté, je m'arrange pour qu'on m'oublie. Je m'enferme dans une cabine dès qu'elles me tournent le dos. Je m'adonne à quelques acrobaties sur la toilette pour m'installer et attendre la fin de cette conversation. Personne ne m'a vue. J'en suis certaine. Bingo !

Véronique entre dans la cabine à côté de la mienne. Juliane se lave les mains et quitte la pièce en claquant la porte très fort. Parfait, c'est exactement ce qu'on avait convenu !

Clic ! La photo est prise ! Véronique est en bobettes dans mon iPod ! Trop cool, vraiment trop cool ! J'attends qu'elle sorte pour me diriger vers mon cours d'éducation physique. Mes pensées vagabondent, volent vers ma mission secrète : comment utiliser cette photo, maintenant ? Je ne veux certainement pas me faire prendre, qu'on en découvre l'origine, ce qui pourrait arriver si je la faisais circuler sur Facebook. Eh bien, je finis par trouver la solution ! Je vais en faire imprimer plein de copies pour ensuite les coller sur sa case, dans le vestiaire et au gymnase. Bien affichées, elles attireront les curieux et ce sera vraiment trop drôle.

Chapitre 6

Même si je manque un peu de concentration au tchoukball, je réussis à compter deux points. J'ai dit à Véro que j'étais poche, mais je me considère comme assez habile à ce jeu. Ma vitesse d'exécution est appréciée de mes camarades, j'en suis certaine.

Mardi 17 septembre, 8 h 15

Et voilà! Mon coup est réussi! Il y a déjà de l'action dans le corridor! Il m'est possible de voir tout ce qui se passe, car je me suis faufilée par l'autre porte, celle qui mène au corridor de la classe de Véro. De cette façon, j'assiste en grande primeur au spectacle.

Véro arrache rapidement l'image d'elle qui est collée sur sa case et part en courant vers les toilettes. Tout le monde rit et chuchote en pointant le doigt vers elle. Monsieur Moreau doit calmer ses élèves, qui semblent trouver ça super amusant. On peut apercevoir mon œuvre d'art à trois autres endroits dans l'école. Je parie que Véronique est déjà en train de verser toutes les larmes de son corps!

Je la suis d'un pas rapide pour aller la consoler. Elle a trouvé la deuxième photo d'elle, que j'avais accrochée à côté des miroirs dans les toilettes. Elle s'écrase par terre et pleure comme un bébé. Je m'approche doucement, mine de rien, même si je connais les raisons exactes de sa peine.

— Que se passe-t-il, Véro?

Plusieurs secondes s'écoulent avant qu'elle ne soit capable de me répondre.

— On a mis cette photo de moi en sous-vêtements un peu partout dans l'école! Ça en fait deux que je trouve!

Elle tient les photos toutes chiffonnées dans ses mains, sans me les montrer.

— *Oh, my God!* Quel gâchis! Mais qui a bien pu te faire une telle chose?

— J'ai besoin de respirer. Laisse-moi seule, s'il te plaît!

Son prof arrive au même moment. Il veut s'occuper de la situation. Il me remercie d'avoir pris soin de Véronique et me demande d'aller rejoindre mon groupe, puisque je suis en retard de dix minutes à mon cours. J'aurais le goût de l'envoyer promener! Pour qui se prend-il d'arriver dans les toilettes des filles, celui-là? Je pourrais même porter plainte. Qu'il aille se faire voir ailleurs.

J'arrive en classe et explique à madame Faubert la raison de mon retard: une fille était en détresse dans les toilettes et je lui ai porté secours. Ma prof me félicite pour ce geste de générosité et me demande de bien vouloir me mettre tout de suite au travail. Je constate qu'il y a plusieurs équations mathématiques d'inscrites au tableau. Je m'installe rapidement. Quelques minutes plus tard, madame Faubert vient me voir pour en savoir un peu plus sur cette histoire de fille dans les toilettes. Je lui raconte ce qui s'est passé sans trop en mettre et elle tente de me rassurer en me disant que monsieur Moreau va s'occuper de la situation. Je suis fière de mon coup ! Je me dépêche d'écrire en cachette une petite note à Ju, pour la lui remettre à la récré. Étant donné qu'on ne peut pas parler de nos secrets devant les autres filles, il vaut mieux que je lui fasse un résumé écrit, qu'elle pourra lire seule dans son cours.

Salut, ma BFF !

Imagine-toi donc que j'ai consolé la pauvre Véro ! Elle ne se doute de rien ! Ça ne lui est même pas venu à l'esprit que c'est moi, la photographe ! Elle est totalement innocente, cette fille-là ! T'as vu comme c'était facile de la prendre au piège ? Nous sommes trop bonnes ! Duo d'enfer !

Anne-Sophie xoxoxo

19 h 08

Je gribouille dans mon agenda en essayant par tous les moyens de rester concentrée. Il faut absolument que je termine cette foutue recherche d'histoire sur mon personnage célèbre. Même si on m'a expliqué en long et en large les consignes, je n'arrive pas à savoir par où commencer. Marie Curie. Bon. Et puis après... Panne totale. J'ai pourtant le plan de travail, mais pas la motivation nécessaire. Un plan! Je me sens inspirée pour en faire une autre sorte. Un qui me stimulerait vraiment! Un plan pour une soirée de filles! Et voilà! Il faut commencer l'année scolaire du bon pied! Mon dernier REF date d'il y a environ deux mois. Trop long! Je dois prendre les choses en main. Mon journal intime me sert de cahier de notes. Voilà une tempête d'idées qui m'intéresse vraiment! Une soirée pyjama qui se respecte doit absolument inclure les activités suivantes: manucure stylisée, masque beauté, lecture de magazines de filles à la tonne pour nous renseigner sur la vie des vedettes, séance potinage détaillée et un brin d'histoires de peur, question de mettre du piquant dans nos conversations. Il faut prévoir les grignotines, rien qui sorte du *Guide alimentaire canadien*, et la touche finale: interdiction aux membres de ma famille de s'infiltrer dans la pièce réservée au REF.

Qui inviter? Juliane, Sandrine, Cassandra, Johanie. Les essentielles. Ensuite, peut-être Sara, la cousine de Cass, et la sœur de Sandrine, qui serait un atout car elle pourrait nous coacher, côté manucure. Ah oui! Aussi Jasmine, l'amie de Sara... Et pourquoi pas Véronique, pour ajouter un soupçon d'humour? On pourrait rire d'elle sans qu'elle s'en rende compte et lui faire croire des choses ridicules tout en nous comprenant entre nous. Voilà qui pourrait être amusant! Ne reste plus qu'à parler de mon plan à ma mère et à lancer les invitations.

Ma mère! Oups! Comment m'arranger pour qu'elle accepte que j'invite autant de filles chez nous? Ajout au plan: faire plaisir à ma mère en prenant les devants dans les tâches domestiques, lui rapporter quelques examens à faire signer avec des notes au-dessus de quatre-vingt-dix pour cent, et jouer avec Julien, parce qu'elle adore que je prenne soin du fils de son chum adoré.

Bon! Mon plan semble complet, cette fois-ci. Beaucoup plus détaillé que celui du travail d'histoire; parfois – souvent! – le plaisir passe avant les choses ennuyantes. Que l'opération charme commence! Et tout de suite, car il ne me reste que deux jours avant vendredi.

Vendredi 20 septembre, 18 h 03

Tout est prêt pour le REF. Ma mère a accepté ma proposition en échange d'un comportement exemplaire cette année. Voici ce que j'ai déjà fait pour l'amadouer : j'ai porté une attention particulière à Julien, hier, en l'amenant au parc, j'ai rangé ma chambre et lavé la vaisselle sans qu'elle me le demande durant ces deux derniers jours, et je l'ai complimentée sur ce qu'elle portait hier. Je me suis conduite en jeune fille parfaite, toujours polie et à l'écoute, qui respecte les règles. Mais, pour être populaire, il est interdit d'agir de la sorte (sauf pour jouer le jeu devant ses parents).

Le rendez-vous est à dix-huit heures trente. Les règles sont claires : il est obligatoire d'apporter son pyjama, des produits de beauté, et d'avoir en tête au moins un potin à partager. Dommage, mais la sœur de Sandrine ne sera pas parmi nous ! Le vendredi, elle sort souvent avec des amies ou passe du temps chez son chum. J'avoue qu'entre faire ça ou gaspiller sa soirée avec des gamines de douze ans, le choix est assez facile.

Véronique a accepté mon invitation. Par contre, sa mère viendra la chercher à vingt-deux heures, parce qu'elle ne veut pas dormir chez moi. Je m'en fous ! A-t-elle mis sa fameuse paire de bobettes ? Trop drôle ! On devrait se créer un genre de code, Juliane et moi, pour rire un peu. Genre qu'une de nous glisse le mot « bobettes » dans la conversation avec une face de fille qui dit quelque chose de super innocent, et l'autre fait « oui » de la tête comme si elle comprenait tout! *Foule* divertissant comme concept!

20 h 43

Tout se passe très bien jusqu'à maintenant. Gabriel Lessage est mon sujet de conversation préféré. Je ne parle que de sa beauté, de son talent, de sa gentillesse extraordinaires. Les filles me trouvent chanceuse d'avoir pu passer un mini peu de temps avec lui. Je vois dans les yeux de Johanie que tout ça la fait suer, mais c'est ça, la vie! (De toute façon, depuis l'épisode des devoirs, n'importe quel geste de ma part la fait bouillir.) Il faut prendre les devants avec les gars de notre âge, parce qu'ils ne sont pas trop rapides pour faire des compliments aux filles, comme dirait la sœur de Sandrine. Johanie, qui essaie de faire éclater ma bulle de bonheur, met son grain de sel dans la conversation :

— Sérieux, So, tu parles de lui comme si c'était Dieu en personne! Tu le connais à peine!

— Jo, Jo, Jo! Tu as raconté les mêmes choses sur lui, à peine deux minutes après l'avoir vu dans la cour. C'est n'importe quoi, ce que tu dis! On va te trouver un chum, si tu es si jalouse que ça!

Oups! Je me fais fusiller du regard! Johanie s'est transformée en madame Baboune au cube! Pas grave! Tout va bien! On passe au prochain appel!

Je me fous de son attitude plate, rien ne gâchera ma soirée! Et puis, tout REF qui se respecte se doit d'avoir une petite chicane de filles, non?

C'est Sandrine qui nous fait dévier du sujet Gabriel Lessage. Elle nous avoue être totalement en admiration devant Jacob Labelle. Nous avons droit à la liste complète de ses qualités, et je doute fort qu'elle en ait oublié! Ouf! Selon Sandrine, Jacob est LE gars le plus parfait de l'école.

Son choix n'est pas unanime: quelques filles sont d'accord et d'autres, non. Je suis dans le clan du non. Il est évident que Jacob n'a pas les qualités requises pour être officiellement nommé le gars le plus parfait de l'école Beausoleil. Il est trop studieux, trop calme et pas assez compétitif. Une qualité que mon Gabriel possède, j'en suis certaine, même si je ne l'ai pas encore vu en pleine action sur le plan sportif. Jacob n'a jamais eu de blonde, et je ne pense pas que ça l'intéresse vraiment. Sandrine ne semble pas l'avoir remarqué, mais moi, je sais que tout ce qu'il veut en ce moment, c'est être avec ses amis de gars. Il n'a pas la tête aux filles.

Bref, Sandrine nous dit qu'elle n'ose pas lui parler parce qu'elle est trop gênée. Cependant, elle espère qu'il prendra les devants au cours des prochaines semaines. Pauvre fille! C'est ce qu'on appelle rêver en couleurs! Je peux au moins lui fournir une liste de choses à faire pour attirer l'attention de son futur amoureux. Des conseils de pro! Sandrine m'écoute attentivement, tout en répétant les points importants à retenir. S'intéresser à ce qu'il aime, se préparer des anecdotes drôles à raconter, ne pas tout dévoiler de ses secrets et, surtout, ne pas hésiter à dire ce qu'on pense. Les gars aiment les caractères forts! Ma copinette trouve que je m'y prends plutôt bien avec Gabriel. Miss Baboune est encore plus baboune! Son silence et sa face de fille frustrée en sont de bons indicateurs.

Il faut aussi que je profite de mon REF pour revenir sur ma rage du vendredi 6 septembre. Une journée importante, gâchée par mes soi-disant amies, qui se sont pointées sans s'annoncer. Je reste encore certaine que leur but était de ruiner ma première rencontre avec mon futur amoureux. Sandrine et Johanie ont des comptes à me rendre. Nous n'avons pas pris le temps de mettre les choses au clair ces dernières semaines, mais un REF peut servir à ce genre de discussion.

Je leur apprends donc que je suis encore déçue de leur arrivée à l'improviste. Difficile à croire, mais les filles ne semblent pas avoir d'explications claires à me donner. Johanie jure qu'elle voulait simplement s'assurer que je ne trouverais pas ma soirée *foule* ennuyante. Sandrine abonde dans le même sens, en ajoutant que c'était pour me faire plaisir.

— So, on voulait simplement éviter que tu te sentes prise au piège si tu avais découvert, par exemple, que ton super Gab était ennuyant à mourir.

— Oui ! Imagine ta soirée si tu t'étais rendu compte que ce gars-là était trop poche ! On était là pour veiller sur toi en toute amitié ! C'est tout ! renchérit Johanie innocemment.

C'est évident que mes amies sont jalouses, ce qui leur vaut de perdre quelques points *Aérocool*. Elles comprendront bientôt que je n'attends que l'occasion de me venger.

21 h 37

Le masque est fait, les manucures vont bon train et les potins coulent à flots. Je sens parfois le malaise de Véronique lorsqu'on parle dans le dos du monde, mais j'essaie de la distraire en jasant avec elle d'autre chose. Puis, Sandrine demande spontanément à Véro si la rumeur est vraie : a-t-elle un *kick* sur Jérémy ? Selon ses observations, Véronique ne manque pas une occasion de le regarder lorsqu'il passe devant elle.

Tout de suite, Véro répond que c'est faux. Que Jérémy est un gars comme un autre, qu'elle n'a pas de *kick* sur lui. Johanie change de sujet, voyant que Véronique est gênée. Elle décide que le dossier

Jérémy est maintenant fermé et nous dirige vers les histoires de peur.

— Êtes-vous prêtes à entendre les pires horreurs jamais racontées auparavant?

— Eh bien, laisse-moi le temps d'aller chercher d'autres chips! nous dit Sara. Attendez-moi! Je reviens dans deux secondes.

Cette petite pause me donne de l'inspiration pour faire une niaiserie. Je m'étais promis d'ajouter un peu de piquant à la soirée. Il faut bien rire un brin!

Je m'explique. Véronique s'est levée pour aller à la salle de bain. J'en profite pour mettre rapidement du yogourt sur sa chaise. Lorsqu'elle revient, son pyjama y goûte! Direct dans le mille! Je me mets à rire, mais Cassandra et Sandrine font leur face de filles scandalisées. Je me dépêche d'aller chercher une serviette avant que ça tourne mal. Pour détourner les soupçons, je questionne les filles: qui a bien pu renverser du yogourt sur la chaise?

Cet amusant épisode nous fait toutefois perdre une joueuse. Il n'a suffi que de quelques minutes de rigolade pour que Véronique appelle sa mère. Elle veut mettre un terme à sa visite. Avant son départ, je m'assure que ce sera sur une bonne note.

— J'espère que tu t'es bien amusée à ton premier REF ! Désolée pour le yogourt sur ta chaise ! Quelqu'un a dû en renverser. Tu veux que je te prête des culottes de pyjama ?

— Pas besoin, je m'en vais. Merci pour l'invitation. C'était une belle soirée. Peut-être que, la prochaine fois, je coucherai ici.

— Super, alors ! Bonne nuit, et ne rêve pas trop à ton beau Jérémy, là !

Chapitre 7

Bonne fête, Gab !

Samedi 5 octobre, 16 h

Mon nouveau chum fait un party pour sa fête ce soir! Woop, woop! Eh oui, c'est officiel! On sort ensemble! Il me l'a demandé après l'école, l'autre jour. Je suis restée surprise, parce que je le croyais trop timide. C'est moi la première de la gang à avoir un chum cette année.

Voici ce que je vais porter tantôt: mon jean préféré avec le chandail en dentelle que la sœur de Sandrine m'a donné l'autre soir. Vraiment *foule hot*! C'est certain que Gab me dira que je suis ravissante!

Sa fête a été LE sujet de discussion toute la semaine! Je dirais même depuis un mois! On y attend une trentaine de personnes. Mon cœur bat super fort tellement j'ai hâte d'y aller. Toutes mes amies seront là aussi, même si Jo est encore frustrée que le plus beau gars de la terre sorte avec moi (elle aura peut-être sa face de baboune, mais bon). Et j'ajoute que j'ai réussi à convaincre la « belle Véro » de venir faire un tour.

Jusqu'à maintenant, j'ai eu l'occasion de la voir une deuxième fois au club d'aide aux devoirs et à quelques reprises à l'heure du dîner. Elle est convaincue que je suis désormais son amie. Seules Juliane et moi savons que c'est l'inverse. De plus, Ju me trouve super drôle quand je pose des questions à Véro à propos de l'incident « photo ». Je fais mine de m'intéresser à ce qu'elle dit, tout en étant totalement « scandalisée » par les événements. Sandrine s'amuse aussi quand on parle de ça, mais Johanie et Cass se chuchotent souvent des trucs à l'oreille, et mon intuition me dit que je ne dois rien leur confier. Je n'ai pas trop confiance en elles. C'est comme si elles voyaient dans mon jeu, parfois...

18 h 36 (avant de partir chez Gab)

— Pourquoi as-tu invité Véronique au party de ton chum? me questionne Sandrine.

— Pour la simple et bonne raison qu'elle mérite de rencontrer du monde et d'avoir du plaisir comme nous toutes!

— Mais oui, elle a souffert trop longtemps. Elle doit connaître autre chose, il faut qu'on l'aide à s'intégrer, nous explique Cass, toujours aussi compatissante.

Johanie saute encore sur l'occasion pour m'obstiner.

— À quoi tu joues, So? Dures à suivre, tes manigances, là! J'ai de la difficulté à croire que tu veux réellement son bien.

Juliane, toujours prête à prendre ma défense, réplique:

— Elle ne joue à rien! Arrêtez d'être sur le dos d'Anne-So!

— Et respire par le nez, Jo... Je suis presque certaine que la pauvre n'a jamais été dans un party de sa vie. Pour une fois, elle en aura la chance, grâce à nous. Oh! On sonne à la porte! Chut! C'est sûrement elle! Allez! Tout le monde se prépare; nous avons une dizaine de minutes de marche et je ne veux pas que nous soyons en retard.

Sur le chemin, Véronique reste en retrait en compagnie de Juliane, qui tente de s'intéresser à notre «nouvelle amie». Leurs sujets de discussion tournent autour de l'école, puisque c'est le principal intérêt de notre invitée-surprise. Le trajet se fait rapidement, car on est en bonne compagnie.

C'est facile de reconnaître la maison de Gab, puisqu'il y a plein de monde dehors. On entend même de la musique super forte! Quand j'entre, il me fait un gros câlin. Je vois Johanie qui roule les yeux, irritée. Ça lui tape royalement sur les nerfs. Jalouse au cube!

— Content de vous voir, les filles! Faites comme chez vous, je reviens vous jaser tantôt! J'ai plein de choses à préparer! nous dit mon chum.

— Ne te sauve pas si vite, toi! l'arrête Johanie en me regardant fièrement. Je dois te donner tes becs d'anniversaire!

N'importe quoi pour une compétition entre nous! Bof! Je m'en fous! C'est moi qui sors avec lui! Elle n'a qu'à se trouver un amoureux et à me laisser tranquille.

La soirée se déroule dans la joie, les rires bruyants et la super bonne musique que DJ Gab fait jouer! Tout se passe super bien. Même ses parents savent comment accueillir les jeunes. Richard et Marlène sont vraiment cool! Ils s'assurent qu'on ne manque de rien: chips, liqueurs, chocolats, pizzas, et ils font même des hamburgers sur le barbecue!

La majeure partie des invités populaires est dans la cour arrière, près du carré de sable du plus jeune de la famille. C'est donc à cet endroit que mes copinettes et moi décidons de nous installer. Discussions et plaisanteries sont à l'honneur. Par contre, Véronique ne fait que nous écouter, sans trop oser se mêler à nos conversations. C'est Juliane qui lui fait une remarque la première, pour l'intégrer un peu à l'échange.

— Hé, Véro ! Tu as toujours le beau Jérémy Lacroix dans l'œil ? Tu n'arrêtes pas de le regarder depuis tantôt !

— Pas du tout ! Je n'ai aucun intérêt pour ce gars-là !

— Relaxe, il n'y a pas de honte à ça, ma belle, Jérémy est adorable. Tout le monde le dit, la rassure Sandrine.

Je fais un clin d'œil à Ju, pour ensuite prétexter l'urgent besoin d'aller chercher quelques chips et cannettes de liqueur avec elle. C'est le moment de nous amuser un peu. J'ai une idée de génie ! Il faut organiser un faux rendez-vous au parc, entre Jérémy et Véronique. Il est évident qu'elle a un faible pour lui. Elle croira que son prince charmant l'attend sur son cheval blanc ! Trop drôle !

— Super bonne idée, So ! Véro, *foule* désespérée, va attendre quelqu'un qui ne se pointera jamais !

— Lundi, on préparera une lettre qu'on va glisser dans sa case. Elle va croire qu'il l'invite vraiment à passer du temps avec lui!

Je ris comme une folle quand Cass et Sandrine viennent soudain nous déranger. Cassandra nous questionne immédiatement à propos de ce qui nous amuse autant. Incapable de garder mon sérieux, je ne réponds rien et Ju explique que j'ai raconté une blague super drôle! Les filles tournent les talons et rejoignent les autres au jardin. Je pense qu'on les a mises en colère.

Un peu plus tard dans la soirée, mon magnifique amoureux vient se joindre à notre conversation. Mes amies et moi sommes en train de jaser des épisodes de la série *Les menteuses* (que l'on connaît par cœur). Gab tend l'oreille et décroche après quelques minutes, le sujet semblant l'ennuyer à mourir. Je me doute bien que ce n'est pas une de ses émissions préférées. Si ça avait été le cas, je serais partie en courant, je pense! Cette série, c'est pour les filles!

En fait, Gab voulait nous dire qu'un petit groupe s'est installé au sous-sol pour jouer à vérité ou conséquence. L'invitation est acceptée avec enthousiasme: tout le monde descend d'un pas rapide rejoindre les autres.

Nous sommes quatorze personnes assises en cercle. Cass, qui a retrouvé sa bonne humeur, est maintenant tout énervée. Elle nous annonce qu'elle se porte volontaire pour briser la glace.

Elle fait tourner la bouteille, qui s'arrête sur Juliane. Cass ne perd pas une seconde. Sa demande est simple :

— Tu dois me dire pourquoi tu riais tant avec Anne-Sophie tantôt !

— Je refuse de répondre à cette question. Conséquence !

Son ton est un peu arrogant, et elle a sa face de fille qui cache quelque chose.

— Je savais que ce que vous disiez était secret ! Vous commencez à nous jouer dans le dos, les filles, et je n'aime pas ça ! Vous avez brisé la règle numéro quatre ! Ta conséquence, Juliane : va voler une paire de bobettes dans la commode de Gab et reviens nous voir en la portant sur ta tête.

Cassandra est *foule* énervante, avec les règles du code secret. Je trouve son attitude vraiment bébé, là.

— Je vais le faire avec joie ! Et puis, en passant, que fais-tu de la règle numéro un ? rétorque Ju du tac au tac. Il faut garder un secret, peu importe les circonstances.

D'un pas déterminé, Juliane grimpe les escaliers et redescend peu après avec les boxers de Gabriel sur la tête. Elle fait la folle en dansant, grimace au visage. Tout le monde est crampé. Cass décide de voler son super «chapeau» et le lance dans les airs. Voilà que le vêtement se promène de main en main, rendant maintenant l'ambiance au sous-sol complètement hilarante.

Pendant que tout le monde rit, Juliane s'approche de mon oreille pour me chuchoter qu'elle me parie dix dollars que Johanie va essayer d'embrasser mon chum en se servant du jeu.

— Je te jure que ça va mal finir! me dit Juliane.

C'est donc maintenant son tour. Elle fait tourner la bouteille avec un geste qui en dit long sur son enthousiasme débordant. Le hasard désigne Jérémy.

— Oh! Jérémy, tu dois nous révéler qui tu trouves la plus jolie ici.

— Sérieux? Alors, je choisis conséquence!

— D'accord, tu embrasses Véro! Tadam!

Jérémy s'avance doucement vers notre «nouvelle amie» et lui donne un rapide bisou sur la bouche. Le tout se déroule en une fraction de seconde. Véronique semble vouloir disparaître tellement elle est gênée! Je fais un clin d'œil à ma *BFF* pour lui confirmer que je suis fière d'elle! Véronique sera encore plus convaincue que la lettre que nous allons composer vient de Jérémy!

21 h 07

Le party a été une réussite, comme prévu!
Pourtant, sur le chemin du retour, ça se gâte un peu. On sent qu'un froid s'est installé dans notre gang: une alliance s'est nouée entre Juliane et moi, contre Cassandra et Johanie. Sandrine ne semble pas consciente de cette division des troupes. Ma *BFF* et moi marchons derrière, tandis que les trois autres filles sont devant nous.

Nous profitons de la distance qui nous sépare d'elles pour détailler le plan de la lettre secrète. Véronique la recevra lundi et y découvrira que Jérémy l'invite à aller le rejoindre au parc en soirée, question de mieux le connaître.

Dimanche 6 octobre, 8 h 22

Se lever aussi tôt le week-end est une des pires punitions qui soient. Je suis obligée d'aller suivre un cours de gardiennage toute la journée (de huit heures trente à seize heures), et j'en aurai un autre la semaine prochaine. Si je fais semblant d'être malade dimanche prochain, on va me faire échouer, parce qu'une des conditions pour réussir le cours, c'est d'y assister de A à Z. Ma seule consolation, c'est que Gab vient faire un tour à la maison, ce soir. On écoute un film. Je m'accroche à cette idée et je laisse mes papillons faire leur travail dans mes pensées.

C'est *foule* inutile ! Je sais très bien comment m'occuper des enfants. J'ai déjà gardé deux fois sans le moindre problème. Ma policière de mère m'oblige à y aller, alors je n'ai malheureusement pas le choix. Elle dit que j'aurai plus de contrats si j'ai ma carte de gardienne avertie. Ce sera la preuve que je suis qualifiée, selon elle. Elle m'a aussi sermonnée à propos de l'importance de prendre les bonnes décisions en cas d'urgence, de savoir quoi faire au cas où une situation inattendue surviendrait. Ce qu'elle ne comprend pas, c'est que je suis très débrouillarde. Le gardiennage, ce n'est que de la logique. En plus, il y a un examen à passer. Comme si on n'en avait pas assez, des examens !

8 h 37

Ce matin, on va nous expliquer ce que représente le travail d'un gardien et toutes les tâches à accomplir. Ensuite, on enchaînera avec les procédures à suivre pour s'occuper d'un bébé. J'ai de la difficulté à m'imaginer qu'on peut passer deux heures à parler de ça !

En après-midi, on va parler des tout-petits et des enfants d'âge préscolaire. Y a-t-il une différence ? Je trouve que les adultes se donnent du mal pour rien quand vient le temps d'expliquer des choses simples. Et la semaine prochaine, notre cours portera sur quoi? Eh bien, c'est évident! Sur les enfants d'âge scolaire, voyons! Pour finir, nous aurons droit à une note un peu plus dramatique: urgence et premiers soins. Comment créer un environnement sain et sécuritaire? Quoi faire en cas d'accidents graves? Pas compliqué, j'appelle ma mère! Après tout ça, si on réussit l'examen, on nous remettra un certificat de gardien averti ainsi qu'une carte à mettre dans notre portefeuille.

Pendant les explications, je dessine des bébés dans mon cahier de notes. Des poupons en pleurs, en couche, ou avec un hochet à la main. L'artiste en moi a besoin de s'exprimer, parce que mon côté paresseux va prendre le dessus bientôt. Je risque de m'endormir si ça dure encore longtemps.

La prof, madame Charron, me fait penser à un épagneul. C'est un genre de chien blond avec de longues oreilles et des yeux tristes. À entendre son ton de voix ennuyé, c'est évident qu'elle est tannée de répéter toujours les mêmes informations. Elle n'a pas l'air d'avoir le goût d'être ici. Pas plus que moi. Il ne me reste qu'un choix: tomber dans les bras de Morphée. Comme si ce n'était pas assez, la fille à côté de moi sent la sueur à plein nez! Est-ce qu'un cerveau qui travaille trop fort peut provoquer une telle sudation? Si je n'avais pas peur de l'humilier publiquement, je lui donnerais mon antisudorifique, question d'assurer ma survie!

12 h 12

Je pensais que l'heure du dîner n'arriverait jamais. Je dois dire que mon cahier de notes est plein! Plein de super beaux dessins! On nous a réservé une salle pour manger notre lunch froid. J'ai choisi de m'éloigner de miss Sueur, pour accorder une pause à mon nez. Je m'assois avec Julie, une fille qui me semble plutôt gentille.

J'apprends que Julie va à l'école des Moissons, située dans un autre quartier, mais quand même près de chez moi. Elle est aussi en sixième année et adore son cours de gardiennage. Ma nouvelle amie s'occupe parfois de son petit frère, tout comme moi. La seule différence, c'est que moi, je m'ennuie à mourir, tandis que Julie se sent fière et a hâte de suivre à la lettre chacune des consignes de l'épagneul.

À la fin du dîner, elle me remet ses coordonnées pour que je lui demande d'être mon amie sur Facebook. Super bonne idée. Peut-être que je vais finir par être vraiment copine avec elle. Ce ne serait pas trop difficile de nous donner rendez-vous au parc, pas loin de nos deux maisons.

16 h 46

Une fois dans la voiture de maman, je dois lui faire un compte rendu détaillé de mes apprentissages. Elle veut tout savoir! J'ai la tête pleine d'informations et aucune énergie pour revenir sur tout ce qui m'a été enseigné aujourd'hui. Un tas de trucs que j'ignorais totalement. Maintenant, j'ai presque peur de garder des enfants! Il peut arriver toutes sortes de choses super effrayantes, des situations d'urgence qu'on ne souhaite à personne. Ouf! J'explique à ma mère que je veux simplement me reposer, afin de reprendre mes esprits un peu. C'est encore pire qu'une journée à l'école, parce qu'on a seulement deux jours pour tout comprendre et passer le test. Je sais que mes compétences académiques sont excellentes, mais là, mon cerveau est en ébullition!

En espérant que je ne sente pas la sueur! Voilà ce que j'ai appris : quand on pense trop, notre cerveau peut nous faire suer! Je me ferai un devoir de le mettre à *off* un peu plus souvent!

21 h 30

Ouf! Quelle journée moche! Au moins, ma soirée a été extraordinaire! J'ai eu de la difficulté à me concentrer sur le déroulement du film. Juste d'être à côté de mon chum me faisait perdre le fil de l'histoire. Je serais incapable d'en faire un résumé. Gab m'a apporté des suçons en forme de cœur et me les a remis lorsque nous étions seuls au sous-sol. Une chance, parce que j'aurais été très gênée qu'il le fasse devant ma mère. J'ai quelques lignes à ajouter dans mon journal intime !

Lundi 7 octobre, 8 h 38

En arrivant en classe, je me dépêche de sortir la lettre que j'ai rédigée hier. Nous devons la déposer dans la case de Véronique. Le plan est bien organisé. En simulant son écriture, je me fais passer pour un Jérémy fou de Véronique, impatient de la retrouver en cachette... Voici le résultat :

Salut, Véro !

Je tenais à te dire que je suis désolé pour ce qui est arrivé l'autre soir, à vérité ou conséquence, chez Gab. Je ne voulais pas te gêner. Sans vouloir paraître prétentieux, je t'avoue que j'ai remarqué que tu me regardes depuis un certain temps. Je te donne rendez-vous au parc Saint-Paul, à seize heures. J'y serai près de l'arbre où tu vas souvent lire. Je rêve de t'embrasser et te prendre dans mes bras.

Jérémy

Chapitre 7

10 h 28

Pendant la récréation, Juliane se précipite vers moi comme si elle avait le feu au derrière! «Anne-Sophie!» Elle gesticule pour me faire signe d'approcher.

— N'oublie pas notre petit rendez-vous secret de tout à l'heure! Devant la case de Véronique, à quatorze heures dix. Je t'y attends sans faute. On va s'amuser comme des folles. C'est notre mission secrète!

14 h 08

L'heure approche; je n'arrête pas de regarder l'horloge avec nervosité. Je me dirige vers le bureau de madame Faubert en faisant semblant d'avoir mal au ventre – je dois aller aux toilettes, j'ai un rendez-vous avec Ju. Avant même que je ne termine ma phrase, ma prof me fait signe qu'elle accepte ma demande.

Comme prévu, Juliane m'attend. Discrètement, nous lisons la lettre une dernière fois pour être certaines qu'elle est parfaite. Nous la glissons sous la porte de la case de Véro. Fou rire total! De vraies folles! Je me dépêche de revenir en classe, feignant la douleur. Je suis une experte de la face de fille qui a mal au ventre, j'ai eu la chance de m'y exercer plus d'une fois. C'est une expression très utile.

La cloche annonçant la sortie des classes sonne enfin. Je range mes choses dans mon sac avant de partir. On sent l'agitation habituelle de fin de journée dans la cour d'école (un moment qu'on aime tous). Certains s'avancent vers le débarcadère des autobus, tandis que d'autres marchent en direction de la sortie. Je croise Véronique, qui a la mine inquiète. Je prends mon air innocent pour lui adresser la parole.

— Que se passe-t-il, Véro ? Tu sembles bouleversée !

— Jérémy a déposé une lettre dans ma case. Il m'invite à le rejoindre au parc Saint-Paul, ce soir.

— Génial ! Je suis si contente pour toi ! Tu vois, tu t'en faisais pour rien, l'autre soir, chez Gab.

— Je ne sais pas trop si j'irai. Et puis, ma mère ne me laissera pas sortir !

Au même moment, Cassandra, Juliane et Sandrine se joignent à notre conversation. Sandrine, curieuse comme d'habitude, se met à questionner Véronique sur ce qu'elle vient d'entendre.

— Sortir pour aller où, Véronique ?

— Jérémy Lacroix me donne rendez-vous au parc Saint-Paul.

— C'est cool comme nouvelle, ça ! Ce qui s'est passé à la fête de Gab lui a ouvert les yeux ! J'espère que tu vas nous raconter ton rendez-vous, demain !

— Je ne sais pas trop quoi en penser.

Elle tripote nerveusement son collier. Encore.

16 h 07

Sur le chemin du retour, j'essaie de me débarrasser de Sandrine, qui n'arrête tout simplement pas de parler. Juliane s'en vient me rejoindre. Nous nous sommes donné rendez-vous pour avoir un peu d'intimité. Difficile de jaser de sujets personnels puisqu'à l'école, nous sommes toujours cinq filles inséparables. À peine Sandrine a-t-elle tourné le coin de la rue que ma *BFF* arrive, joyeuse et pleine d'énergie.

Nous nous imaginons la scène du rendez-vous au parc. Véro, assise sur un banc en train d'attendre le prince charmant. Combien de temps patientera-t-elle? En espérant que le plan fonctionne et qu'elle se pointe, bien entendu. Je suis tellement curieuse, j'irais l'espionner directement dans les buissons, mais cette idée est trop risquée. Je choisis plutôt d'aller reconduire Ju chez elle tantôt; nous emprunterons le chemin du parc. Les chances qu'on croise Véro sont minces, puisque ce sera bien après l'heure de sa rencontre, mais, si nous devions tomber sur elle, notre présence serait justifiable.

Notre brin de jasette terminé, Juliane et moi partons en direction de chez elle. Comme convenu, nous passons par le parc et constatons sans surprise qu'il n'y a pas de Véronique à l'horizon. Mais nous faisons toute une découverte : Juliane remarque son collier par terre, preuve qu'elle s'est bel et bien pointée à son rendez-vous !

C'est un collier qui a été fabriqué à la main ; il me semble, en tout cas. On peut y lire le mot « courage » et des initiales gravées à l'arrière (« DL »). Ce sont celles de qui ? Un ancien copain ? Ha ! Ha ! Comme si ça se pouvait !

Mardi 8 octobre, 10 h 22

J'ai de la suite dans les idées, ce matin. Profitant du rendez-vous manqué d'hier, je dépose une lettre dans la case de Jérémy, en me faisant passer pour Véronique.

Salut,

Je t'ai attendu au parc hier. Pourquoi n'es-tu pas venu à notre rendez-vous ? Ton baiser à la fête de Gab voulait dire beaucoup pour moi. Je t'aime et j'attends de tes nouvelles ce midi. Viens me voir à la cafétéria pour t'expliquer...

Véronique

Chapitre 7

12 h 04

Comme prévu, à l'heure du dîner, Jérémy s'approche de Véronique. Nous nous apprêtons à manger quand l'action commence. VLAN! La scène la plus humiliante du siècle :

— Salut, Véro! lance Jérémy. Je ne sais pas trop pourquoi tu veux me voir. Qu'est-ce que tu voulais dire, dans ta lettre? Je ne t'ai jamais donné rendez-vous au parc hier, et le baiser du party faisait partie du jeu vérité ou conséquence! Je suis vraiment mêlé, là!

Véronique devient carrément rouge comme une tomate! Elle se lève rapidement et se dirige vers la sortie la plus proche. Tout le monde rit à la table, à part Cass et Johanie, qui ont des faces de filles *foule* frustrées. Elles regardent Jérémy comme s'il était un monstre. Celui-ci tente de mieux saisir ce qui se passe.

— Qu'est-ce qu'elle a? Je ne comprends plus rien, là! Je n'ai jamais voulu faire de mal à personne. Je n'ai pas le goût d'être accusé de quoi que ce soit.

— C'est beau, Jérémy! Va manger! Je m'occupe de Véro. Je ne comprends pas trop votre histoire, mais je vais aller la consoler, réponds-je.

Johanie et Cass se lèvent. Johanie fait signe à son chien de poche de la suivre pour, semble-t-il, qu'elles aillent répéter leur exposé oral. Mais leur départ n'a rien à voir avec ça. Je sais qu'elles s'en vont parler dans mon dos !

De mon côté, je me précipite pour aller rejoindre Véronique, qui s'est réfugiée une fois de plus dans les toilettes. Elle pleure à chaudes larmes.

— Calme-toi, Véro ! Il doit sûrement y avoir une explication !

— Tout va tellement mal ! Je ne peux pas croire que je me suis fait prendre dans une histoire pareille ! Je suis nulle. En plus, j'ai perdu mon collier !

— Eh bien, je vais réellement te faire plaisir, là ! Regarde ce que j'ai dans les mains ! Tadam ! Je l'ai trouvé hier, j'avais oublié de te le redonner ! Tu as dû l'échapper en te dépêchant d'aller à ton rendez-vous. C'est bien le tien, n'est-ce pas ?

— *Oh, my God !* Merci, merci, merci ! Tu es vraiment gentille, Anne-Sophie ! Ce collier est super important pour moi !

— Ne t'inquiète pas ! Je suis là pour toi ! Qu'est-ce qu'il représente, au juste ? J'ai remarqué que tu ne t'en sépares jamais.

Juliane nous rejoint au même moment, et Véronique n'a pas le temps de me répondre. Ju me fait des grimaces dans son dos pour me distraire.

— Et puis ? Comment va notre amie ?

— Je vais mieux. Je ne comprends rien à ce qui m'arrive, mais, au moins, je vous ai avec moi.

14 h 51

J'attends Juliane aux toilettes, mais elle tarde à arriver. Nous nous sommes entendues pour nous y rejoindre à quatorze heures cinquante, pour une petite jasette en privé. Il faut qu'on sorte pendant nos cours pour réussir à trouver un peu d'intimité. On a de plus en plus besoin d'air, parce qu'on ne veut pas que les autres filles se mêlent de nos affaires.

Je ne peux pas rester ici pendant des siècles! Madame Faubert se doutera de quelque chose si je prends trop de temps! Je suis en train de boire à la fontaine quand ma folle d'amie arrive derrière moi et me fait faire un saut de la mort! Résultat: je suis toute mouillée parce que j'ai craché l'eau que j'avais dans la bouche (ce qui, heureusement, m'a permis de ne pas crier de peur). On se met à rire. On est incapables de s'arrêter! Tellement que ça nous donne mal au ventre. Pour en remettre, elle imite maintenant un fantôme. Je ris encore plus.

— Houououou! Je suis là pour te prédire ton avenir! Tu sors déjà avec le plus beau gars de l'école Beausoleil! Houououououou! Il n'y aura pas de plus beau couple cette année, et vous resterez ensemble pour toujours! Houououou!

— Arrête, je vais faire pipi dans mes culottes!

— Non, mais pour de vrai, là! J'ai une idée! Ma mère a un jeu de tarot. Pourquoi tu ne viendrais pas chez moi? On pourrait s'amuser à se tirer aux cartes! Une soirée *foule* ésotérique! Petites chandelles d'ambiance et un peu d'encens qui brûle! On aura les réponses à nos questions!

— Même aux questions d'examen? Ce serait vraiment trop cool! Genre, tu fais une séance de tarot la veille d'un test et, le lendemain, tu bats des records!

C'est la concierge qui vient nous sortir de nos rêveries en nous avertissant de quitter l'endroit immédiatement. Grrrr! Elle nous dérange tout le temps. Elle a le nez fourré partout et s'organise pour donner des contraventions à quiconque enfreint la loi de l'école Beausoleil! Heureusement, on fait nos yeux de chats apeurés et elle nous laisse partir sans en rajouter.

Vendredi 11 octobre, 19 h 10

Comme prévu, une soirée de tarot a lieu chez ma *best*. Juliane a préparé l'ambiance parfaite. Une chambre remplie de petites chandelles, avec de la musique douce et une odeur agréable qui flotte dans la pièce. Ses cartes sont disposées sur son lit. Je remarque qu'elles sont jolies, pleines de couleurs et de drôles de dessins. Ju a pensé à sortir des calepins de notes pour qu'on écrive les résultats de nos révélations. En me voyant arriver, elle me fait un gros câlin et m'invite à m'installer sur le lit. Comme je sais qu'elle aime les jujubes, surtout les verts, je suis passée au dépanneur pour en acheter, avant de me rendre chez elle. J'en ai plein les poches.

Pour notre super séance ésotérique, Juliane a demandé conseil à sa mère. Celle-ci n'a pas voulu lui prêter son jeu avant aujourd'hui. Là, elle nous énumère *foule* de consignes à respecter pour que tout fonctionne à merveille. Il faut être calme d'esprit, ne pas être énervée ou stressée avant de commencer la séance. Trop d'émotions fortes peuvent brouiller les cartes et donner de mauvaises pistes. Ensuite, le consultant doit songer à une question à laquelle il souhaite obtenir une réponse claire. Il faut y réfléchir de manière super concentrée et l'écrire dans notre cahier. Cette question doit être précise et sans zone grise, comme dit la mère de Juliane. Les cartes doivent être manipulées faces vers le bas, car il ne faut pas voir les dessins.

C'est moi qui y vais la première. Je brasse le paquet en pensant à la question que j'ai écrite dans mon cahier. Ensuite, je pose les cartes devant moi, et je coupe le paquet en deux de ma main gauche. Ma question est très claire : *est-ce que Gabriel sera mon amoureux encore longtemps?*

La prochaine étape consiste à placer cinq cartes en croix, toujours faces cachées. La carte numéro un est celle de gauche. Elle représente ma question. La deuxième, celle de droite, va me dire ce qu'il y a de défavorable (de négatif) dans ma question. La troisième, placée en haut, donne de l'information sur ce qui est possible et réalisable. La quatrième, c'est la réponse exacte à ce que j'ai demandé. Finalement, la dernière prédit l'évolution de la situation.

Juliane prend ça au sérieux. Elle veut que chacune des étapes soit bien respectée. Nous avons un descriptif des illustrations pour mieux en comprendre la signification. Tout en mangeant ses jujubes, elle se concentre pour commencer ses révélations ésotériques.

La première carte me fait rire! Deux chiens sont face à face sous un genre de soleil-lune, et il y a des larmes de couleur tout autour des animaux. Super bizarre. Selon ma voyante, c'est un symbole de romantisme. Dans le mille! En lien direct avec ma question. Ça parle aussi de l'alliance des contraires. De deux personnes qui s'unissent, mais qui ne vont pas ensemble. Ça annonce une rupture amoureuse, une séparation et un cœur brisé! Ouin! Pas trop bon, ça! Ju continue sa lecture en me disant que je vivrai des moments douloureux, de grands changements dans ma vie.

Ça ne me donne plus beaucoup le goût de continuer. Plutôt apeurant comme avenir! J'espère que la deuxième carte sera plus intéressante.

Je pige l'Hermite (c'est le nom inscrit sur la carte). Le dessin représente un monsieur avec une longue barbe blanche. Ça signifie que je vais me sentir isolée et que je vais vivre une période de remise en question. Ce passage va me faire découvrir une nouvelle facette de ma personnalité. Je serai complètement métamorphosée en quelqu'un de différent. Un nouveau moi! J'ai la chair de poule! Trop d'informations!

Je supplie Ju de laisser tomber mon tour pour nous concentrer sur le sien, afin de me changer les idées. Ce jeu me fait maintenant peur. Isolement, douleur, problèmes. Rien pour me rassurer sur mon avenir avec Gab et sur le déroulement de toute ma vie, d'ailleurs!

Pour me calmer, je pense aux bons côtés de ma vie en ce moment. Tout va super bien, notre gang d'amies est extra, le plus beau gars de l'école sort avec moi, j'ai des notes satisfaisantes, j'adore ma vie telle qu'elle est. Ce jeu, c'est n'importe quoi!

Pour faire plaisir à ma *best,* je lui lis les cartes qu'elle a tirées et je dois avouer qu'elles ne sont pas plus positives que les miennes. Peut-être qu'on ne sait tout simplement pas comment ça marche et qu'on s'y prend de la mauvaise manière.

Après une heure d'exploration du tarot, Juliane et moi décidons d'écouter de la musique et d'aller faire un tour sur Facebook pour voir s'il y a du nouveau. Il faut peser sur *DELETE* et effacer les informations que nous avons reçues concernant notre avenir. Pas question de garder ces mauvaises vibrations dans nos têtes.

La fin de la soirée prend une autre tournure. On se met à inventer une chorégraphie de *cheerleaders* vraiment ridicule. On ne se prend pas au sérieux, on se laisse aller. C'est *foule* intense! Et voilà! Tout est oublié! Note à moi-même : rayer le tarot de ma liste de passe-temps.

Dimanche 13 octobre, 8 h 36

Je dois, pour une deuxième fin de semaine de suite, me lever tôt! La simple idée de passer la journée avec l'épagneul me démoralise. Avec un « enthousiasme » fou, elle parlera pendant des heures sur le même ton, avec sa face d' « écœurantite » aiguë. La seule chose qui me console un peu, c'est la perspective de revoir mon amie Julie. D'ailleurs, j'y pense :

je ne lui ai pas encore envoyé d'invitation Facebook. J'espère qu'elle ne sera pas trop fâchée.

Comme je l'imaginais, les informations se mettent à débouler dans mes oreilles dès les premières secondes du cours, comme si les mots prononcés par notre prof se bousculaient, faisant la file parce que mon cerveau ne veut pas les laisser entrer. Mon cahier de notes va devenir le chef-d'œuvre de la grande artiste qui se manifeste de plus en plus en moi. Je n'ai jamais eu autant le goût de gribouiller que maintenant.

Julie me fait un super sourire, preuve qu'elle ne m'en veut pas de ne pas l'avoir encore invitée sur Facebook. Nous nous assoyons ensemble. Youpi! C'est mon nez qui dit ça! Miss Sueur intense sera loin de moi! J'avais prévu le coup, de toute façon. Dans mon sac, j'ai apporté un petit déodorant, de la crème à mains (quand tu en mets, ça change les odeurs autour), et même de la gomme, question d'avoir près du nez un parfum de menthe, qui dépanne en cas d'urgence.

Julie complète mes gribouillis en y ajoutant des détails intéressants pendant qu'on entre dans le vif du sujet: les accidents qui peuvent survenir quand on s'occupe d'un enfant. Je dois avouer que cette fille est meilleure que moi en dessin. Elle a du goût. Même que je trouve son look *foule* beau. Elle porte une petite blouse à manches courtes, noire avec des papillons blancs, et un *jegging* (jean-legging) bleu foncé. Ses bottes sont brunes et son sac, assorti à son kit, est en tissu imprimé de jolis motifs noirs et blancs. Ses cheveux sont longs et noirs, et ses yeux, d'un bleu plutôt rare. Elle me fait penser à Sandrine.

Je remarque que mon deuxième cours passe plus vite que le premier, la matière est un peu plus intéressante et je suis moins fatiguée. Même que j'obtiens une note de 96 % à l'examen ! C'est sûrement dû à la présence de ma nouvelle amie super cool et à l'éloignement de miss Sueur.

Ma mère est très fière de ma note quasi parfaite et de mon certificat. « Une gardienne avertie en vaut deux ! » comme elle dit. De plus, elle a raconté à tout le monde au bureau pour mes cours, elle me fait de la publicité. J'ai déjà un contrat. Madame Leblanc veut que je garde sa fille de cinq ans jeudi prochain et le suivant, de dix-sept heures à vingt heures. C'est notre voisine et la collègue de travail de ma mère.

J'espère sincèrement qu'Anabelle sera l'ange qu'on m'a décrit : douce, obéissante et adorable. J'accepte l'offre ; j'en profiterai pour noter tout ce qu'il y a à faire pour la danse de l'Halloween, qui aura lieu à l'école le 31 octobre. Étant membre du comité, je me dois d'être prête pour notre première rencontre.

Chapitre 7

Jeudi 17 octobre, 17 h 32

Madame Leblanc est partie depuis une trentaine de minutes. J'ai une liste de numéros d'urgence *foule* longue et une autre de consignes à suivre pour respecter l'horaire d'Anabelle sans la perturber, comme elle dit. La faire souper, lui donner son bain, jouer une demi-heure aux jeux qu'elle aura choisis, écouter avec elle son émission d'une durée de vingt minutes et lui lire une histoire. Moi qui croyais que j'aurais du temps pour planifier mes projets!

Je constate au moins que la fillette est telle qu'on me l'avait décrite. Un ange. Elle fait tout ce que je lui dis à la lettre, sans rechigner. Mes trois heures en sa compagnie ne sont pas trop difficiles. De plus, Juliane réussit à mettre un peu de piquant dans ma soirée en me faisant rire comme une folle: lorsque j'ouvre mon agenda, une fois la petite couchée, le mot «bobettes» est écrit genre plein de fois sur la page du 17 octobre; en plus, elle en a dessiné de toutes les couleurs et de tous les styles. Cette histoire de Véronique prise en photo nous fait encore pouffer chaque fois qu'on prononce le mot «bobettes», qui, il faut l'avouer, sonne super drôle!

Il me reste un peu de temps avant que madame Leblanc arrive. Je profite de l'occasion pour appeler Gab. Il dit que je peux l'appeler quand je veux.

— Salut, Gab ! Que fais-tu ? Je te dérange ?

— Quelle belle surprise ! Impossible que la plus belle fille de l'école me dérange. Je joue un peu de guitare.

— Et tu vas composer pour moi bientôt ? J'aimerais bien avoir ma propre chanson.

— Je commence tout juste à composer. Je prends un peu d'expérience d'abord, mais l'inspiration viendra facilement lorsque je penserai à toi, et je trouverai les mots justes.

— Wow ! Ce serait un rêve ! Je te mets au défi !

— Super ! Et toi ? Que fais-tu ?

— Je garde la petite Anabelle. Un ange. Facile comme tout.

— Cool ! J'aimerais bien aller te rejoindre la prochaine fois. On ferait une bonne équipe !

— C'est vrai ! Mais il m'est interdit d'inviter qui que ce soit. À moins qu'on manigance un petit plan en cachette ! Il faudrait que madame Leblanc soit partie pour la soirée. Je suis ouverte à l'idée. Bon ! Je te laisse travailler sur ton défi. On se voit demain. Bonne nuit !

— Bonne soirée, So ! Fais de beaux rêves.

Chapitre 8

Voleuse ou menteuse

Lundi 28 octobre, 9 h 22

Youpi! Jeudi, c'est la danse de l'Halloween! Wow! Je suis tellement contente de faire partie du comité, avec Cass et Ju; j'avais hâte de pouvoir, moi aussi, m'impliquer dans une activité aussi cool! Les profits serviront à payer notre album de finissants. Cette année, je veux un super album! Quelque chose d'impressionnant! Pas un livre ennuyant et sans couleur, là!

Bref, j'ai une rencontre après l'école à ce sujet. Il faut prévoir les achats pour la cantine (boissons gazeuses, chips, chocolats et bonbons); faire la liste des élèves, pour contrôler qui se présente à la danse et ne pas nous ramasser avec tout le quartier dans le gymnase (même si j'aimerais bien que des élèves du secondaire participent aussi); organiser la mise en place de l'équipe technique, pour nous assurer d'avoir de la bonne musique (mon beau Gab s'en occupe); élaborer les règlements de la soirée; établir des prix pour l'entrée et la cantine... et j'en passe.

J'ai décidé de me déguiser en prisonnière. J'ai déjà acheté mon costume. Je le trouve super original! Il n'y aura qu'une seule prisonnière dans l'école, et ce sera moi! Ju sera en vampire, Cassandra, en diseuse de bonne aventure, Johanie, en ange (ce qu'elle n'est certainement pas!), et Sandrine, en policière.

Le fait que je sois membre de ce comité me donne un peu de motivation pour continuer la journée, qui est vraiment ennuyante. Madame Faubert n'est pas là et le suppléant me tape sur les nerfs. Monsieur Leclerc fait des remplacements à l'école depuis longtemps. Tout le monde le connaît, mais personne ne l'aime. Quand je l'ai vu, bien installé au bureau de mon prof, j'ai eu le goût de partir en courant. Il nous crie toujours par la tête. C'est comme s'il était continuellement enragé. S'il n'aime pas ce qu'il fait, il n'a qu'à changer d'emploi! Plutôt simple, comme logique! De plus, chaque fois que quelqu'un pose une question, il semble incapable d'y répondre comme il faut. Pas trop claires, ses explications. Pour finir, lorsqu'on s'approche de lui, ça sent la cigarette. Ouach!

Je n'ai pas le choix d'essayer de me divertir pour survivre jusqu'à la fin des classes. Sandrine et moi commençons à échanger des messages secrets. Je dessine un jeu de bonhomme pendu. Je choisis la phrase suivante : *Monsieur Leclerc est poche.* Je n'écris que deux lettres comme indices. Sandrine a presque deviné ma phrase quand monsieur l'air bête intercepte notre feuille.

Oh, my God! Je veux disparaître! Me glisser sous les tuiles du plancher! Monsieur Leclerc s'approche et nous regarde toutes les deux avec sa face de gars furieux, sans dire un mot. Ensuite, il demande à Sandrine de le suivre dans le corridor pour la questionner. Elle ne reste pas plus de deux minutes avec lui, puis revient en classe, rouge comme une tomate. C'est maintenant à mon tour d'y aller. Monsieur Leclerc commence par me dire qu'il est inutile d'essayer de mentir, parce que ma chère amie Sandrine a avoué que je suis dans le coup avec elle.

Le suppléant me sermonne comme il sait si bien le faire, pour ensuite nous coller à chacune un billet de contravention pour impolitesse. Il fait une photocopie de notre super jeu de bonhomme pendu et l'agrafe au billet, question de prouver que nous sommes de mauvaises filles! En plus, il nous oblige à

y joindre une lettre d'excuses de notre part demain,
avec la signature de nos parents.

Monsieur Leclerc essaiera à nouveau de nous
prendre en défaut, c'est clair. Je suis certaine qu'à
partir de maintenant il sera encore plus méfiant
envers nous quand il viendra remplacer madame
Faubert. Et je n'ose même pas penser à la réaction
de ma mère. J'ai déjà essayé d'imiter sa signature en
cinquième année, mais je m'étais fait prendre. Donc,
option à rayer de la liste. Merde, merde et remerde !
Pourvu que ma mère ne m'interdise pas d'aller à la
danse ! Je ne dois pas en parler pour qu'elle ne pense
pas à l'utiliser contre moi. Je serais trop frustrée !
Peu importe la punition qu'elle choisira, je l'accep-
terai, en autant que je ne rate pas la danse.

17 h 33

C'est au souper que je reçois une brique sur la
tête ! Pas au sens propre, bien sûr ! Au sens figuré,
comme dirait madame Faubert. Ma mère m'annonce,
après avoir signé mon billet de contravention, que
je serai privée du party que je fais chaque année
pour ma fête. Un peu plus et je m'étouffe avec ma
bouchée de patates pilées. Cette punition est dure
à avaler, aux sens propre et figuré ! Je ne peux tout
simplement pas croire qu'elle me fait ça !

Privée de MA soirée! Celle qu'attendent mes amies avec impatience chaque année, parce qu'elles savent qu'on aura un plaisir malade! Moi qui disais être prête à recevoir n'importe quelle punition qui ne toucherait pas à la danse de l'Halloween... Je n'aurais jamais pensé que ma mère oserait m'interdire quelque chose qui, à mes yeux, est aussi important. Me priver de mon party de fête ou de la danse de l'Halloween est totalement inacceptable... c'est *foule* chien! Je vais avoir l'air de quoi devant tout le monde?

Depuis ma suspension de juin, ma mère n'est plus ma mère. J'ai toujours su comment étirer l'élastique de sa patience, sauf que là, on dirait qu'elle n'a plus d'élastique, mais plutôt une corde très courte. Si je tire, je suis faite! Elle est devenue intolérante, sévère et incapable de comprendre ce qui est primordial dans la vie de sa fille. Ce n'est vraiment pas juste!

Jeudi 31 octobre, 17 h

— Est-ce que mon costume est correct? demande Cass. On dirait qu'il me manque quelque chose...

— Il te faudrait un bandeau pour tes cheveux, question de faire un peu plus stylisé! Une diseuse de bonne aventure doit avoir cet accessoire. Tiens! Mets ça! réponds-je.

— Stop! Vous êtes en état d'arrestation! Les mains en l'air! s'écrie Sandrine.

— Bon! Bon! Bon! Madame nous donne des ordres, maintenant qu'elle fait régner la loi! Calme-toi, miss Policière (j'avoue que je la trouve comique)!

— J'ai trop hâte à tantôt pour danser, manger des cochonneries et faire des niaiseries! lance Johanie.

Cassandra, inquiète, nous avise de faire attention.

— Sérieux, Jo! Ma mère est bénévole pour cette activité! Je n'ai pas envie de me ramasser dans la merde!

— Bon! Les filles, je pars avec Ju et Cass! annoncé-je. Il faut qu'on règle les derniers détails avant que les gens arrivent. On se donne rendez-vous devant l'école, à dix-neuf heures.

18 h

Mon costume est peut-être génial, mais pas chaud du tout! J'ai froid! Même si nous n'avons que quelques coins de rue à franchir, je trouve que la route est longue. À l'entrée de l'école, j'aperçois le reste des membres du comité organisateur. Gab est déjà là aussi, il prend son rôle de DJ au sérieux! Je l'ai reconnu tout de suite, dans son costume de *rock star*! Wow! Les filles vont être trop jalouses de moi!

Des parents bénévoles et des enseignants sont rassemblés au gymnase et discutent des étapes à suivre pour que la soirée soit réussie. Madame Faubert me demande de m'occuper du comptoir de la cantine: faire des affiches pour annoncer les prix, placer les cochonneries et rendre le tout bien alléchant pour les futurs clients. Ju se propose pour m'aider.

— So, je suis super contente d'être avec toi! Les filles les plus cool sont dans les comités les plus cool!

— Tu penses? Alors, c'est moi la plus cool, parce qu'en plus, je fais partie du club d'aide aux devoirs et des *cheerleaders*!

— Et j'ai quelque chose à te proposer pour que ce soit encore plus cool ce soir! Tu es certaine que Véronique vient, là?

— Oh que oui! Qu'est-ce que tu as en tête?

— Je t'explique! s'écrie-t-elle. Tu sais, le super beau sac Roxy de Sara? Eh bien, il est accroché dans le corridor, devant ma classe, en ce moment. Et qu'est-ce qu'il contient? LA paire de boucles d'oreilles qu'elle porte toujours et que tu trouves carrément wow! Et devine ce qu'on va faire?

— Tadam ! Les prendre sans que personne s'en aperçoive, les glisser dans le sac de Véronique et lui faire passer ça sur le dos ! Woop, woop ! Trop cool ! On pense de la même manière ! Avoue que c'est ce que tu comptais faire !

— *BFF* !

— Mais comment sais-tu que ses boucles d'oreilles sont là, au juste ? ajouté-je.

— On était en éducation physique ensemble, tantôt, c'était notre dernière période, explique Juliane. Je l'ai vue enlever ses bijoux et les mettre dans son sac. Après le cours, elle ne les a pas remis, et son sac est resté là !

— Bon ! Très belle observation, cher inspecteur ! Ou, plutôt, chère vampire ! Je vais prétexter un urgent besoin de sacs-poubelles pour aller au local de la concierge, et je subtiliserai les boucles d'oreilles en passant. Toi, tu vérifies que personne n'est dans le corridor en même temps que moi. Je compte sur toi ?

— Oui, chef !

Aussitôt dit, aussitôt fait ! Une prof me donne ses clés pour que j'ouvre le local de la concierge. Sur le chemin, je trouve effectivement ce que je cherche dans le sac de Sara ! Elle n'avait qu'à ne pas l'oublier là, dommage pour elle. En arrivant au gymnase, je fais signe à ma *BFF* que j'ai accompli ma mission. Les boucles d'oreilles quitteront bientôt ma poche pour aller dans le sac de Véronique.

Je ne vois pas le temps passer. Je travaille comme une fourmi pour que tout soit impeccable. Je tiens à ce que nous ayons une bonne réputation. À la fin de la soirée, j'ai bien l'intention de voir le comité recevoir des félicitations! Les élèves commencent à entrer; j'ai des papillons dans le ventre à l'idée de passer une soirée parfaite avec mes meilleures amies et mon beau Gab!

Les filles arrivent à l'heure prévue. Je m'accroche au bras de Sandrine, jolie comme tout dans son costume de policière. Véronique est habillée en gothique. Rien pour la mettre à son avantage! Je les invite à passer dans le gymnase, décoré avec goût. Je dois avouer que je suis impatiente de lâcher mon fou!

C'est avec plaisir que nous entendons une chanson de Bruno Mars retentir dans les haut-parleurs. *Top* parfait pour briser la glace! Des filles se pressent pour aller danser. Je me déclare la plus heureuse de la planète. Ma mère a refusé d'être bénévole en raison d'un souper d'affaires; je n'ai donc aucun parent sur place pour me surveiller et me dire quoi faire.

De plus, je suis en compagnie du plus beau gars du monde, qui a quitté son poste quelques minutes pour me voir, et mes amies sont là, rayonnantes de plaisir dans leurs costumes totalement extra! Je danse sur la deuxième et la troisième chansons avec Gab et ses amis. Je suis contente que Gab se tienne avec la gang d'Alexandre. Ce sont les gars les plus populaires de l'école. Je n'aurais pas pu sortir avec quelqu'un qui se tient avec des *losers*. Je suis vraiment impressionnée de voir à quel point mon chum danse comme un dieu! Tout le monde le regarde, et même ses amis trouvent qu'il est génial. Plusieurs fois, il me répète que je suis la plus belle et la plus gentille des filles qu'il a connues!

Après quelques chansons, c'est l'heure de nous acheter plein de bonbons. Dans la file d'attente, Cassandra voit le gars sur qui elle tripe depuis le début de l'année.

— *Oh, my God*, il est là! Je n'étais pas certaine qu'il viendrait à la danse! Il m'avait dit qu'il irait à une compétition de karaté!

Je l'encourage.

— Alors, fonce! Va lui dire que son costume est trop cool!

— Ouf! J'y vais! Envoyez-moi de bonnes ondes, les filles!

Chapitre 8

— J'ai hâte de voir ça, moi ! Cassandra qui va parler à un gars ! J'aurais dû lui donner des conseils ! commente Jo, de son air de fille trop sûre d'elle.

— Sérieux, Jo ! Tu penses que tu connais tout à ce sujet ? Vraiment trop drôle ! réponds-je.

Cassandra revient presque en courant, le souffle court.

— Mon cœur va sortir de ma poitrine ! Il m'a appris qu'il est blessé au genou. Pas de compétition de karaté ! C'est mon jour de chance, les filles ! Il m'a dit que j'avais un super beau costume !

— Il t'a dit que ton costume est beau, mais t'a-t-il dit que tu es belle dedans ? demande Johanie.

— Laisse faire tes commentaires poches ! Tu as le don de péter la bulle du monde, toi ! lui lance Sandrine, furieuse.

La musique est tellement bonne qu'on danse pendant plus de trente minutes avec une intensité folle. On rit tellement ! Sandrine se met à faire notre chorégraphie de *cheerleaders*, bientôt suivie par chacune des filles de notre gang – dont moi ! –, et tout le monde se place en cercle autour de nous pour nous encourager. Véronique, assise sur un banc, semble bien impressionnée de nous voir aller. À plusieurs reprises, je l'ai invitée à venir nous rejoindre, sans succès. Mais bon, déjà qu'elle est venue à la danse... Ç'a sûrement représenté un énorme effort pour elle, puisqu'elle n'avait jamais participé à ce genre d'événement avant!

La partie de plaisir s'arrête quand Cassandra arrive en pleurant.

— Je ne peux pas croire qu'il m'a dit ça!

— De quoi tu parles? lui dis-je. Où étais-tu? On faisait notre chorégraphie de *cheerleaders* et c'était super génial! Puis, tout à coup, tu as disparu! Qu'est-ce qui s'est passé?

— Il m'a dit qu'il ne veut pas avoir de blonde! Il veut se concentrer sur son sport! Raison poche! C'est juste parce que je ne l'intéresse pas!

Johanie et Sandrine prennent la relève en la consolant et en essayant de lui changer les idées. C'est à ce moment que Juliane me fait signe de venir avec elle aux toilettes.

— Tu as bien les boucles d'oreilles, là? me chuchote-t-elle.

— Et voilà! On les glisse dans le sac ou le manteau de Véronique, et oups! Nous aurons une nouvelle voleuse à l'école Beausoleil!

Juliane me fait un *high five*!

Je vais voir la même prof pour lui redemander les clés de la conciergerie. Mon prétexte: je n'ai apparemment pas pris assez de sacs-poubelles tantôt. Une mère bénévole en veut d'autres. Je me dirige vers le corridor réservé aux manteaux, mais la tâche ne sera pas facile ! Je sais à quoi ressemble celui de Véro – rose et blanc, rien de trop *fashion*, avec une tache à l'épaule droite –, mais le trouver, ça va être tout un défi ! Ouf ! Bonne chance à moi !

Après quinze minutes à fouiner sans succès, je commence à avoir chaud. Impossible à trouver, ce foutu manteau ! Je dois retourner dans le gymnase, sinon je risque de me faire prendre ! Au moment où je quitte le corridor, j'ai l'impression d'apercevoir une ombre qui file à toute vitesse derrière la porte vitrée. Eh merde ! J'espère que personne ne m'a vue !

À mon retour, les filles me posent un tas de questions pour savoir où j'étais passée tout ce temps.

— Pas de panique ! Vous savez très bien que je suis dans le comité et que j'ai des tâches à accomplir ! Imaginez-vous donc que j'ai des responsabilités, moi !

— Sérieux, So ! Calme-toi ! On voulait savoir ce qui se passait avec toi ! Prends ça cool ! dit Sandrine.

Elle sort un calepin de sa poche et s'amuse à nous menacer.

— Si vous n'arrêtez pas de paniquer, je vous colle une contravention.

Elle prend son rôle à cœur !

— Ha ! Ha ! Ha ! Vas-y fort, madame la policière ! réponds-je. Je vois que tu as retrouvé ton sens de l'humour !

Je vais voir ma *BFF* pour lui avouer mon échec. J'ai encore dans mes poches les boucles d'oreilles de Sara. Il me faut trouver une autre façon de m'en débarrasser pour piéger Véronique.

Au même moment, on annonce que c'est l'heure du concours du costume le plus original. Oups ! Je panique *foule* ! Les prix pour les gagnants ! Ils sont encore au secrétariat. C'était une de mes responsabilités : les envelopper et ajouter les étiquettes indiquant la première, deuxième et troisième places ! Je m'éclipse et me dépêche d'arranger tout ça avant que quelqu'un ne s'aperçoive de mon oubli. Le temps que les règlements soient expliqués, que le défilé commence, c'est réglé ! Les participants doivent parader tout autour de la salle et devant les juges. Ce rôle est réservé à cinq parents bénévoles. Les règlements : interdiction de porter un masque, les costumes doivent être, autant que possible, fabriqués à la main et, bien entendu, d'une originalité absolue !

La troisième place est accordée à Sara. Elle porte un costume de Freddy ! Une robe déchirée, un chapeau noir, la fameuse main avec des (fausses) lames au bout des doigts, et elle a le visage couvert d'un maquillage vraiment extra! La deuxième place, c'est un gars que je ne connais pas qui la remporte: il s'est fabriqué un genre de gros bloc Lego en carton rouge. La première place va à Jérémy (celui sur qui Véronique a un *kick*), qui est en hot-dog! Trop drôle!

Bref, ç'a été une très belle soirée malgré tout! J'ai reçu plein de compliments! «Bravo, Anne-Sophie! Votre danse a été une réussite!» C'est à la fin, vers vingt-deux heures, que j'ai trouvé ça moins drôle. Le comité est aussi responsable de tout ramasser, avec les profs et les parents bénévoles! J'ai mal aux pieds, je suis *foule* fatiguée, et j'ai trop hâte de m'étendre dans mon lit pour rêver à Gab et aux gentils compliments qu'il m'a chuchotés à l'oreille.

Vendredi 1ᵉʳ novembre, 15 h 57

Je dois me dépêcher de me rendre à mon club d'aide aux devoirs. Je suis en retard à cause de Gab, qui voulait me parler avant de partir pour le week-end. Il s'en va à Montréal et revient seulement dimanche. Il doit assister à une rencontre familiale pour le soixante-dixième anniversaire de son grand-père. J'arrive en retard de dix minutes et, tout de suite, je me fais réprimander par la prof sur l'importance de respecter ses engagements. Bla, bla, bla. Ce sermon ressemble à ceux de ma mère et j'en connais les paroles par cœur.

Je me mets au travail. Je vais voir un garçon qui lève la main avec insistance. Il fait des maths et ne comprend pas comment résoudre son problème de périmètre.

Véronique est déjà occupée avec une fillette et ne prend pas la peine de me regarder. Après avoir terminé de donner mes explications au garçon, je m'installe à côté d'elle.

— Salut, Véro! Et puis? Ta soirée d'Halloween? Tu es partie tôt!

— J'ai bien aimé! Toi et tes amies, vous êtes vraiment bonnes pour danser. Moi, je suis nulle! soupire-t-elle.

— La prochaine fois, je vais t'apprendre des trucs; tu vas voir, ce n'est pas difficile. Si ça te gêne, tu peux aller sur YouTube, chez toi, et te servir des vidéos du jeu Just Dance pour t'exercer!

— Merci pour le conseil.

— Véronique, j'ai un service à te demander. Peux-tu aller me chercher ton sac à lunch? J'aimerais en avoir un comme le tien. Je veux le prendre en photo avec mon iPod – mais sans que la prof me voie, hein! – pour que ma mère m'en achète un pareil, si tu n'as pas d'objection à ce que je copie sur toi!

— Ah! Comme le mien? Attends-moi deux secondes!

Elle revient avec son sac, me le tend et va répondre à un élève qui a la main levée. Pendant ce temps-là, je fais semblant de prendre une photo discrètement et je me dépêche de mettre les boucles d'oreilles de Sara dans la pochette du sac à lunch de Véro. Mission accomplie! Elle ne s'aperçoit de rien! J'ai hâte de dire à Juliane que j'ai enfin réussi à me débarrasser des bijoux qu'on a volés.

Vendredi 8 novembre, 8 h 08

En ce vendredi matin, je dois annoncer à mes amies qu'il n'y aura pas de party pour ma fête, après-demain. J'ai tellement honte que ma mère me prive de la sorte simplement parce que j'ai joué au bonhomme pendu en cachette! J'avoue que j'aurais pu choisir une autre phrase que *Monsieur Leclerc est poche*, mais bon. C'est *foule* injuste qu'elle m'empêche de fêter mon anniversaire à cause de cette connerie. Je leur annoncerai la nouvelle à la récréation. Je me croise les doigts pour ne pas être ridiculisée avec cette histoire de punition !

J'ai aussi une autre mission à remplir avant la cloche de ce matin. Je m'explique : il faut qu'on sache que Véronique a pris les fameuses boucles d'oreilles de Sara. Ça fait déjà une semaine que Ju et moi avons organisé le coup, et toujours rien. Je vais m'organiser pour croiser Sara en arrivant à l'école, en m'assurant d'être seule avec elle. Je veux avoir le champ libre pour lui parler. Elle doit s'apercevoir que ses boucles d'oreilles ont disparu.

— Donne-moi deux minutes, Sandrine, dis-je en entrant dans la cour. Je veux dire quelque chose à Sara. Je reviens tout de suite.

Je me retourne et fais quelques pas.

— Sara, j'ai une question pour toi ! Où as-tu acheté les superbes boucles d'oreilles que tu portais la semaine passée ? Je les adore !

— Si ma mémoire est bonne, ma mère les a trouvées chez Joshua Perets. Pourquoi ?

— Puis-je les voir pour me rappeler leur forme ? Elles sont tellement belles que j'aimerais les demander pour ma fête ! Tu peux me les montrer ?

— Euh ! Attends ! Où est-ce que je les ai mises ?
Ah oui ! Je les ai enlevées jeudi passé, avant le cours
d'éducation physique. Elles sont dans mon sac !

Sara se met à fouiller dans tous les recoins de
son sac, mais ne trouve rien. Plus elle cherche, plus
elle panique.

— Bon ! Elles ne sont pas là ! Il ne faudrait pas
que je les aie perdues, c'est un cadeau de ma mère !
Restons optimistes ! J'ai dû les mettre ailleurs. Je te
les apporte lundi.

Tout est planifié dans ma tête ! À l'heure du
dîner, le chat sortira du sac ! Je jouerai les informa-
trices anonymes, et Sara apprendra que quelqu'un
a volé ses boucles d'oreilles. Je me dépêche d'aller
rejoindre les filles pour jaser un peu avant la cloche.

12 h 03

Je suis la première arrivée à la cafétéria. Cassandra
se pointe ensuite, accompagnée de Sandrine. Johanie
et Juliane arrivent une dizaine de minutes après.
Finalement, Véronique s'approche timidement de
nous. D'un grand signe de la main, je lui indique
une place vide à notre table. J'en profite pour faire
un clin d'œil à Ju, qui comprend tout. J'ai préparé
un message, en simulant une autre écriture que la
mienne.

Salut, Sara,

Je sais où sont tes boucles d'oreilles. Regarde dans le sac à lunch de Véronique Lamarche. C'est elle, la voleuse !

D'une amie qui te veut du bien.

Je sors de la cafétéria, en prétextant une envie urgente d'aller aux toilettes. Je glisse le papier sous la porte de la case de Sara. Un gars passe à l'intersection de l'autre corridor, mais je suis certaine qu'il ne m'a pas vue. Bon, il ne reste plus qu'à attendre !

Jusqu'à maintenant, je n'ai été accusée de rien ! Personne ne sait qui est responsable des fameuses photos de Véronique en bobettes. Les profs et la direction enquêtent encore et cherchent le coupable. Le directeur est venu nous rencontrer à ce propos, en insistant sur le fait qu'il est important de parler si on est témoin de quelque chose... Rien ! Absolument rien ! Trop facile !

14 h 37

Composition d'anglais. En plein milieu de la période, ce cher Christophe se met à lancer des élastiques à tout le monde. Une chance qu'il est là ! *Foule* drôle, ce gars ! J'avoue que ça arrive qu'il me tape sur les nerfs, mais, pour une fois, il met un peu d'ambiance.

Chapitre 8

Ce sont des élastiques qui servent à faire des bracelets multicolores. C'est comme la mode à l'école, autant chez les gars que chez les filles. On apporte le kit de fabrication, parce que, dans nos temps libres, il nous est permis d'en confectionner. Par contre, ayant des idées très créatives, certains (surtout les gars de ma classe) s'en servent pour attaquer leur entourage.

J'ai donc la chance de voir passer près de ma tête ces petits cercles colorés à plusieurs reprises. C'est comme un arc-en-ciel. Christophe est un vrai pro quand il s'agit d'éviter de se faire prendre par la prof. Par contre, il a oublié un détail : en circulant, miss Mondoux remarque que le plancher est couvert d'élastiques. Oups ! Le divertissement est bel et bien terminé pour aujourd'hui.

16 h 32

Je connais maintenant la suite de l'histoire des boucles d'oreilles ! Apparemment, lorsqu'elle a vu ma lettre anonyme, Sara l'a montrée à son prof, monsieur Moreau, qui est allé chercher l'aide de Jasmin (le psychoéducateur). Ils ont ensuite demandé à Véronique de sortir du local. Dans le corridor, elle a dû vider son sac à lunch devant eux. Bang ! Les boucles d'oreilles s'y trouvaient ! Juliane, dont la classe est à côté de celle de Véronique, a été témoin de la scène, parce qu'elle était sortie chercher un cahier dans sa case. Elle m'a raconté que Véro était rouge comme une tomate ! Elle répétait qu'elle ne comprenait pas pourquoi ces bijoux étaient là, que ce n'était pas sa faute. Tadam ! Le tour est joué !

Chapitre 9

Cheveux couleur feu

Dimanche 10 novembre, 10 h

C'est ma fête! Je capote! Les filles m'ont fait une belle surprise ce midi. Une courte visite pour me donner quelque chose de cool. Elles se sont mises ensemble et, avec l'aide de la mère de Johanie (qui connaît tous les endroits super branchés de la région), m'ont offert un chèque-cadeau pour un *relooking*. L'endroit où j'irai est réputé au max! Genre qu'il y a des stylistes qui savent vraiment quoi faire avec tes cheveux. Je vais recevoir des conseils beauté, j'aurai une nouvelle tête (au sens figuré bien entendu!) et peut-être que je pourrai me faire faire les ongles par une professionnelle.

J'ai décidé d'avaler la pilule et d'accepter la punition poche de maman : pas de party pour ma fête. Pour me consoler un peu, maman m'amène au restaurant ce soir, avec Julien et Simon. J'ai hâte que la page de cet anniversaire soit tournée. Un passage de ma vie à oublier. *DELETE*. J'aurai au moins un souper en famille au resto et des cadeaux à déballer. Juste... pas de party.

18 h 37

Maman a choisi mon restaurant préféré! Je prends des filets de poulet avec des frites. C'est le plat que je commande chaque fois. Julien, qui est assis à côté de moi, passe son temps à tremper ses frites dans ma sauce. Il sait très bien que je déteste ça. Mais, avec les yeux de ma mère qui vont sortir de leur orbite, je comprends que la politesse est de mise. Ne rien dire et sourire. Même si c'est Julien qui s'amuse à m'énerver, c'est moi qui me ramasse avec le regard noir.

Même s'il ne s'est rien passé dans mon sous-sol ce week-end (on n'y entendait que le son des criquets), je suis contente de manger en famille. Ça faisait un bout qu'on n'était pas sortis tous les quatre. Simon voyage énormément, ma mère est préoccupée par son travail, et moi, par ma vie de fille populaire qui me prend beaucoup de mon temps et de mon énergie.

Julien nous raconte sa semaine à l'école. À ce qu'il paraît, son meilleur ami a mis du ketchup dans les souliers d'un garçon, un midi. En racontant cette anecdote, il a tellement le fou rire qu'il nous contamine. Simon, ma mère et moi le trouvons très drôle, avec cette histoire de ketchup. Il y avait longtemps qu'on n'avait pas eu autant de plaisir ensemble. Dans l'ensemble, je suis satisfaite de mon souper de fête. C'était une belle soirée. Et mon rêve s'est réalisé! J'ai reçu un cellulaire en cadeau. Que demander de plus?

J'ai plein de joie dans mon cœur et je vais me coucher heureuse comme un paon! Est-ce que ça se dit, ça? Sinon, voici ma nouvelle expression, signature exclusive d'Anne-Sophie Poirier. Pourquoi doit-on toujours utiliser des animaux dans nos expressions? Genre têtu comme un âne, fort comme un bœuf, ou encore revenir à ses moutons. Disons que mes moutons, je les égare souvent quand je me laisse emporter par mes pensées!

Lundi 11 novembre, 8 h

Mon lundi commence sur une bonne note. Gab n'a pas oublié mon anniversaire. Il le souligne à sa façon. Il me remet un petit toutou, avec une carte qui dit : « Passe une belle journée de fête » (avec plein de cœurs de couleurs différentes). Le dessin sur la carte, c'est deux oiseaux sur une branche qui sont face à face et se regardent intensément. C'est super drôle, parce qu'il attendait que j'arrive, directement à côté de la porte de l'école, avec son cadeau à la main, *foule* gêné. Je pense qu'il ne voulait pas qu'on le voie.

En arrivant en classe, madame Faubert s'en donne à cœur joie pour encourager tout le monde à me chanter bonne fête. Je trouvais ça *foule* humiliant avant, mais j'avoue que, quand c'est toi qui es à l'honneur, c'est cool. J'aime ça. J'ai changé mon fusil d'épaule ! Madame Faubert serait fière de moi ! On travaille les expressions, en français. Elle nous a lancé le défi d'en glisser une par jour dans nos conversations.

9 h 22

Dans notre cours d'éducation physique, il est prévu que nous fassions de l'escalade. C'est super intense de pouvoir en faire dans le gymnase. Chaque année, on reçoit des entraîneurs spécialisés qui installent leurs gros murs et apportent l'équipement nécessaire pour que nous grimpions en toute sécurité. J'ai tellement hâte! Cette activité est réservée aux élèves de sixième, et c'est enfin mon tour! On place deux groupes ensemble, ce qui me paraît un peu exagéré! La classe de madame Faubert est jumelée à celle de monsieur Moreau. Woop, woop! C'est le groupe de Véronique Lamarche! Je n'ai qu'à l'imaginer grimper et j'ai le fou rire. Le sport, ce n'est pas trop sa force. Dommage que Juliane ne soit pas à mes côtés pour manigancer quelque chose de drôle contre Véronique.

À notre arrivée sur les lieux, on nous demande d'être attentifs afin de bien comprendre les nombreuses consignes de sécurité. Je ne veux rien manquer. Je laisse de côté ma mauvaise habitude d'être dans la lune, parce que ce n'est pas le meilleur endroit où se tenir en ce moment! J'écoute ma petite voix intérieure: *Reste concentrée, Anne-Sophie.* C'est un peu difficile, parce que l'entraîneur en a long à dire; c'est trop d'informations pour ma petite tête! De plus, je déclare officiellement qu'il est trop beau! Genre Zac Efron. Raison de plus pour manquer de concentration.

Christophe n'arrête pas de me faire des faces de gars apeuré (gros yeux et bouche ouverte en O), mais je sais très bien qu'il niaise. Christophe est plutôt un cascadeur-né! Il adore les émotions fortes. C'est probablement la raison pour laquelle il a l'air si détendu et se permet de faire des mimiques ridicules pour attirer l'attention.

Le port du casque est obligatoire; il faut aussi avoir de bons vêtements de sport et bien enfiler le harnais de sécurité. Après vingt bonnes minutes d'explications de la part des entraîneurs (Zac et son acolyte), nous sommes prêts à entreprendre cette aventure! Malheureusement, c'est un peu long, parce qu'on ne peut y aller tous en même temps. Disons que mon tour n'arrive pas assez vite.

Je profite de ce temps mort pour faire circuler une petite rumeur qui donnera sûrement des résultats intéressants. Je chuchote à l'oreille d'une fille de faire attention, de ne pas faire la file derrière Véronique Lamarche, parce que j'ai su qu'elle avait des poux. Étant donné que l'on doit se partager les casques de protection, ça devient un peu dégoûtant. Eurk! De fil en aiguille, le message se propage. Ah! Le bon vieux jeu du téléphone; il n'y a pas d'âge pour y jouer!

C'est finalement un gars de son groupe qui s'écrie haut et fort qu'il n'est pas question qu'il se mette un casque sur la tête, puisque Véronique Lamarche a des poux! Bang! Ma boule de mensonges a grossi et a éclaté une dizaine de minutes après que je l'ai lancée.

En moins de deux, Véro s'éclipse – elle va sûrement se réfugier aux toilettes, encore –, pleurant à chaudes larmes. Je décide que, cette fois-ci, je n'irai pas la consoler. Je dois bien jouer mes cartes. Si j'en fais trop, on se doutera de quelque chose. J'ai hâte de raconter ça à Juliane! Elle va rire!

12 h 08

Je ne dois pas oublier que j'ai un plan à exécuter. Le processus est enclenché, mais il a besoin d'un petit coup de pouce! Je me penche vers Johanie, Cass et Sandrine, qui m'écoutent attentivement.

— Les filles! Avez-vous appris la nouvelle? Une rumeur circule à propos du vol des boucles d'oreilles. Ce serait Véronique Lamarche, la coupable.

— Impossible, So! C'est évident qu'il y a quelque chose qui cloche! Véronique est incapable de faire du mal à qui que ce soit! Surtout pas de voler! me répond Cass.

— Pourquoi tu dis une chose pareille? demande Johanie.

— Ju l'a vue se faire sortir de sa classe par Jasmin Lemieux. Elle a dû vider son sac à lunch devant lui. Devinez ce qui en est tombé? Les boucles d'oreilles!

— Je continue à dire que c'est n'importe quoi! lance Cass. C'est louche, tout ce qui se passe autour de Véronique dernièrement. D'abord, tu lui parles comme si elle était devenue ta meilleure amie, ensuite, elle se fait prendre en photo à son insu. Et puis, il y a eu ce rendez-vous inventé avec Jérémy, et là, le vol! Ça ne sent pas trop bon, cette histoire-là! Et, pas plus tard qu'en juin passé, tu as été sur son dos jusqu'à ce qu'elle craque, Anne-Sophie!

— J'approuve, Cass! renchérit Johanie. Trop bizarre!

— Stop, les filles! les arrête Sandrine, exaspérée. Là, ça dérape, votre affaire! Anne-So nous raconte une rumeur et ça se retourne contre elle! On change de sujet!

— Sérieux, que voulez-vous dire? demandé-je à Jo et à Cass. Que je suis derrière tout ça? C'est méchant, ce que vous faites! C'est elle la voleuse, et ce serait moi la menteuse? Vraiment chien!

Cass, maintenant ébranlée, tente de se justifier.

— Je ne t'ai jamais accusée d'être responsable de tout ça! Je voulais simplement souligner que c'est inquiétant! Cette fille-là mérite le respect, avec tout ce qu'elle vit depuis le début de son primaire!

Je ne termine pas mon sandwich au jambon, je n'ai plus faim! Mes propres amies se retournent contre moi! Je me dirige rapidement vers la sortie; j'ai un urgent besoin de prendre l'air et de décompresser. Ça devient super difficile d'être discrète. Comme Cass est toujours avec Jo, ça nuit à l'influence que j'ai sur elle d'habitude. Elle ne me croit plus.

Juliane me sort de mes pensées en surgissant de nulle part. Je me sens rassurée de savoir qu'elle est encore avec moi. On jase de cette situation et on se promet de garder nos secrets pour nous. J'attribue des points *Aérocool* à ma *best*, à qui je peux faire confiance.

13 h 37

En après-midi, je suis vraiment déconcentrée pendant le cours. La prof parle, mais je ne cherche qu'à me rassurer intérieurement. Personne ne sait ce que Juliane et moi avons fait. Et, de toute façon, Véronique mérite ce qui lui arrive. Elle aurait dû y penser à deux fois avant d'agir : me faire suspendre l'an passé n'était pas une bonne idée. À cause d'elle, j'ai manqué ma compétition de *cheerleaders*. Bien fait.

16 h 23

En route vers la maison, j'apprends d'une fille de ma classe que Véronique a passé une heure au centre d'aide. Il y a une enquête en cours au sujet de l'histoire des boucles d'oreilles. L'école a même appelé ses parents! Elle est dans l'eau chaude! Ce sont les dernières rumeurs qui courent à son sujet.

Une fois rentrée, je me dépêche de prendre l'ordi avant que le fatigant de Julien arrive. Ma mère est en réunion jusqu'à dix-huit heures et son chum vient de partir en voyage d'affaires. Encore une fois, la responsabilité de m'occuper de mon demi-frère me retombe sur le dos.

Les filles sont déjà en ligne sur Facebook.

Cass : So ! Es-tu encore fru ? Je ne voulais pas t'insulter. Je veux que tu comprennes que Véro ne l'a pas facile, et que je souhaite que les vrais coupables soient pris ! C'est tout !

Moi : C'est beau ! Stresse pas. Je pense la même chose que toi. Pauvre Véro… Ce n'est pas drôle, ce qui lui arrive !

Il faut bien que je joue le jeu de la fille *foule* touchée par ce qui se passe.

Cass : J'ai parlé à ma cousine et elle dit qu'elle ne croit pas que Véronique est la voleuse. Sara est convaincue qu'il y a une explication. Elle est allée voir Jasmin au centre d'aide pour lui dire qu'il faut chercher ailleurs.

Sandrine : C'est super, ça !

Johanie : Bien, moi, je propose quelque chose : ma mère a reçu des produits de beauté qu'elle doit tester. C'est pour un article du magazine *Moda*. Cass et moi, on va essayer de remonter le moral de Véronique en lui préparant un panier spécial : masques, vernis à ongles et produits pour les cheveux. Simplement pour lui dire de ne pas lâcher, qu'on est derrière elle. Il me semble que le fait qu'on prenne soin d'elle lui fera un bien énorme. Qu'en pensez-vous ?

Cass : Super bonne idée ! J'embarque ! Véro a besoin de soutien moral, mais aussi d'un coup de main, côté look ! Si Anne-So veut qu'elle se tienne avec nous officiellement, on doit travailler sur son style !

Johanie : Parfait ! Cass, tu veux passer chez moi, demain, après l'école, pour m'aider à trier les produits ? On les lui apportera mercredi.

Cass : Bien sûr ! Wow ! Je suis *foule* énervée ! D'accord avec nous, So ? Et Sandrine ? Juliane ?

Moi : Oui, bravo, les filles ! J'avoue que ça tombe à point !

Sandrine : OK pour moi !

Juliane : Super ! J'embarque !

En quittant mon compte Facebook, je me mets à penser à tout ça. Je me suis rapprochée de Véronique pour la niaiser, mais là, les filles commencent à se lier d'amitié avec elle. Sandrine, Cassandra et Johanie veulent sincèrement l'aider... Elles ne savent pas que Juliane et moi sommes derrière tous les coups. Il faut que je parle à Juliane ! Demain, après l'école, j'irai au parc avec elle pour mettre les choses au clair. Il faut que le mot « prudence » détermine nos actions.

Chapitre 9

C'est la toute première visite des animateurs d'Acti-Jeunes cette année. Je trouve ça super intéressant quand ils viennent nous parler en classe. On aborde différents sujets : sentiments, drogues légales et illégales, l'influence des autres sur notre comportement, les changements à l'adolescence, et plein d'autres trucs qui nous concernent.

J'apprends beaucoup avec eux, parce qu'ils ne nous traitent pas en bébés et savent nous mettre à l'aise. Même que certains, qui sont plutôt timides habituellement, participent autant que ceux qui parlent tout le temps. Ce qui est cool aussi, c'est qu'on fait des jeux pour expérimenter de nouvelles choses.

Je me place avec Johanie pour le prochain atelier (Sandrine est *foule* fru que je ne la choisisse pas, mais elle va s'en remettre). Bon ! On parle de l'écoute active. L'écoute, c'est l'écoute ! Pas besoin de faire tout un exposé sur le sujet ! Je suis déçue du thème abordé aujourd'hui. J'aurais aimé qu'on parle des relations d'amitié ou amoureuses, par exemple.

Tout d'abord, on demande à la moitié du groupe de sortir dans le corridor en compagnie d'Anik (notre animatrice *top* cool), tandis que l'autre moitié des élèves reste en classe avec Marie-Claude, la seconde animatrice (qui a un très beau style vestimentaire).

Donc, je me retrouve dans le corridor pendant que Johanie ne bouge pas du local. Je n'entends pas ce qui se passe à l'intérieur, mais, de notre côté, nous avons la consigne de choisir un sujet super important pour nous et d'en parler intensément à notre amie, quand nous serons de retour en classe. Je ne vois pas ce qu'il y a de difficile dans cette tâche-là !

Je m'installe à côté de Jo pour lui raconter comment j'ai trouvé ça poche de ne pas avoir de party de fête. C'est ce que j'ai choisi d'aborder comme *sujet super important pour moi*. Genre que la punition de ma mère m'a vraiment fait de la peine. Je trouve que c'est un bon sujet émotif, parce que j'ai eu du mal à l'accepter, en plus d'avoir eu honte.

Je commence à raconter mon histoire quand Johanie, ma supposée amie, se met à gribouiller sur une feuille devant elle. J'ai beau essayer de capter son attention, plus je parle, plus elle m'ignore ! À un moment donné, madame l'indifférente se retourne pour entamer une discussion pas rapport avec une fille à côté d'elle. *Foule* chien de sa part ! Je fulmine, cette fois-ci. Je me lève en bousculant ma chaise, de manière à lui faire comprendre que je suis hors de moi. Le message est clair. Wow ! Malgré ça, elle continue de faire comme si je n'étais pas là !

Anik nous demande gentiment de retourner à nos places.

— Les élèves qui étaient avec moi dans le corridor, levez la main. Vous deviez raconter à votre partenaire quelque chose d'important ou qui vous a particulièrement touchés.

Je tends la main dans les airs en pensant encore à la façon dont Jo se foutait royalement de moi.

— Comment vous êtes-vous sentis ? Trouvez-vous que votre partenaire était à l'écoute de ce que vous lui disiez ?

Une fille lève la main et raconte que sa collègue l'ignorait complètement, qu'elle a tout fait pour obtenir son attention, sans succès. Anik nous donne la raison de ces comportements un peu bizarres :

— Eh bien, voilà ! Les élèves restés en classe avaient reçu la consigne de ne pas vous écouter, de vous ignorer malgré vos efforts pour obtenir leur attention.

Je viens de comprendre ! Le but de l'activité était de nous amener à développer des techniques favorisant la communication entre deux personnes. Wow ! Je me suis fait prendre au piège ! Un vrai poisson qui mord à l'hameçon.

Il faut maintenant refaire l'exercice, mais comme il faut, cette fois. Je regarde Jo avec ma face de fille qui s'est fait avoir. Johanie rit de moi en pointant le doigt sur moi et en se tapant sur les cuisses. Trop drôle! Une anecdote de plus à raconter aux filles tantôt! La deuxième tentative de conversation se déroule vraiment bien; même qu'en revenant sur cette fameuse punition de fête, je me rends compte que ça me soulage de me confier, de me vider le cœur, comme dirait ma mère.

16 h 33

Juliane arrive au parc avec l'enthousiasme dans le tapis. Sourire aux lèvres, joyeuse comme tout (heureuse comme un paon!), sac de friandises à la main.

— Salut, ma copinette préférée! J'ai apporté des bonbons! Comment vas-tu?

— Je suis un peu inquiète par rapport à Cass. Cette fille-là a un sixième sens. J'ai peur qu'elle se mette à fouiller dans notre dossier Lamarche.

— So, tu t'inquiètes pour rien! Comment veux-tu qu'on se fasse prendre? On n'a laissé aucune trace. Et puis, on se tient avec Véronique! Impossible que les gens croient qu'on la niaise!

— Bon, ça me rassure que tu penses comme ça...

— Et j'ai une nouvelle idée! On va rire comme des folles avec ça! Écoute bien: c'est à propos du panier beauté que Johanie va préparer pour Véro. Il faut mettre la main dessus avant qu'elle ne le lui donne.

On va remplacer les produits pour les cheveux par de la teinture rouge. Notre Véronique se ramassera avec la tête colorée. À qui la faute ? Johanie !

— Jo se sentira super coupable ! m'exclamé-je. Elle pensera qu'elle est responsable ! Ha ! Ha ! Ha ! C'est sûr que je ne m'ennuie pas, avec toi !

Mercredi 13 novembre, 8 h 05

Johanie arrive à l'école avec entre les mains un énorme panier rempli de boucles roses et rouges. Elle doit le traîner jusqu'à ce que la cloche sonne. Tout le monde la regarde, intrigué. Je ne peux m'empêcher de partager mon enthousiasme.

— Wow ! Jo ! Trop cool, ton panier ! Qu'est-ce que tu as mis dedans pour qu'il soit si gros ? On dirait que c'est pour trente filles !

— Masques de beauté, crèmes pour le corps, parfums et produits pour les cheveux ! Tadam !

— Trop gentil ! J'adore ! ajoute Sandrine.

— Mais, les filles, avez-vous vu Véronique ? Est-ce que quelqu'un sait ce qui lui est arrivé depuis l'incident des boucles d'oreilles ? nous questionne Cass.

— On va sûrement la croiser ce midi. On pourra prendre de ses nouvelles à ce moment-là, répond Johanie.

Je passe un bout de papier à Juliane sans que les autres s'en rendent compte.

Rendez-vous aux toilettes, à 9 h 40, pour préparer notre plan de match. As-tu la teinture ?

Elle lit la note discrètement et me fait signe que oui de la tête.

La cloche sonne. Je propose « gentiment » à Johanie de l'aider à porter son panier. J'en profite pour subtiliser une des bouteilles et la cacher dans mon pupitre.

— J'espère que ce supposé vol n'aura pas de conséquences pour Véronique ! conclut Sandrine.

8 h 32

Madame Faubert n'est pas là, un suppléant la remplace. Il est beau à faire craquer ! Toutes les filles s'adressent des clins d'œil pour se dire que c'est la totale ! Trop facile de rester calmes avec monsieur Trudel ! On ferait n'importe quoi pour qu'il croie qu'on a besoin d'aide ! Cette fois-ci, pas de jeu de bonhomme pendu ! Je ne voudrais pas qu'il me surprenne à faire un mauvais coup. Il va très vite s'apercevoir qu'Anne-Sophie Poirier est une élève modèle. Un peu plus et j'en oubliais mon rendez-vous secret dans les toilettes avec ma *BFF*! Monsieur Trudel a accepté ma demande pour sortir du local, et j'attends maintenant Juliane avec impatience. Elle doit se pointer d'une minute à l'autre.

— Psitt! Je suis là, So!

— Bon, il faut faire vite! J'ai pris une bouteille dans le panier de Jo. As-tu la teinture?

— La voici.

— Vide la bonne bouteille dans les toilettes et donne-moi l'autre.

En une fraction de seconde, le traitement hydratant pour les cheveux est remplacé par une teinture de la couleur tendance du jour: le rouge!

12 h 07

À la cafétéria, c'est la journée pizza! Chaque mercredi, on peut en acheter, et les fonds amassés vont aux finissants. J'ai hâte de voir si Véronique est présente à l'école! C'est en tournant le coin pour me rendre à ma table que j'ai la réponse à ma question: Véro se dirige à la même place que moi. Je feins l'enthousiasme:

— Hé! Salut! Comment vas-tu? J'ai su pour les boucles d'oreilles, et je suis certaine que tu n'es pas coupable!

— Merci. Je suis fatiguée de me faire niaiser et d'être la cible de tout le monde, se lamente-t-elle. Vraiment tannée.

— On est là! Viens t'asseoir avec nous, ça va te faire du bien.

— Plus rien ne me fait du bien. Absolument rien!

Je trouve qu'elle a perdu du poids, que son teint est plutôt pâle, mais c'est son air habituel. Les filles se joignent à nous et tout le monde dévore sa pointe de pizza. Incapable d'attendre plus longtemps, Johanie annonce la nouvelle à Véronique.

— J'ai décidé de te faire plaisir! lui dit-elle. Je t'offre un magnifique panier de produits de beauté. Je peux aller te le porter après le dîner à ta case ou bien, si tu préfères, je te le livrerai chez toi!

Véronique ne réagit pas. Elle joue avec sa nourriture dans son assiette et ne mange presque pas. Silence total.

— Véro! Es-tu contente? lui demandé-je.

— Oui, merci, c'est gentil.

Cass lui lance une mission :

— Tu dois absolument essayer tes produits ce soir. Tu vas voir que, demain, tu auras la peau douce, et tes cheveux seront *foule* soyeux. Ordre de tes amies !

— C'est bon, je le ferai.

Jeudi 14 novembre, 7 h 45

Je me lève avec à l'esprit l'image d'une Véronique relookée ! Ma journée va être des plus tordantes ! J'ai vraiment hâte de voir sa tête ! Sandrine est à ma porte, beaucoup trop tôt, comme d'habitude. Je finis de me brosser les dents et elle m'attend en jouant avec son iPod.

— N'oublie pas ton costume pour l'entraînement de *cheerleaders* ce midi !

— Ah ! Oui, merci ! J'arrive dans deux minutes !

8 h

Une fois dans la cour, je ne peux faire autrement que de chercher du regard une fille aux cheveux rouges. Rien. Je ne la trouve pas plus à la récréation du matin. Véronique est bel et bien absente. Ce n'est qu'au retour du dîner que je l'aperçois, bandeau sur la tête, en train d'entrer dans le bureau de la direction AVEC SA MÈRE! Eh merde! Ça sent le trouble! Johanie va être accusée d'avoir comploté tout ça! Je ne pensais pas que Véronique irait jusqu'à se plaindre à la direction! Lorsque je quitte l'école, je constate que la rencontre n'est toujours pas terminée.

16 h 43

En parlant sur Facebook avec Juliane, j'en apprends une belle! Ju est en feu et ne semble avoir peur de rien. Elle a fait autre chose qui affectera la réputation de Véronique.

Juliane : Salut, ma *BFF*! As-tu hâte de voir Véro avec son nouveau look demain? Penses-tu que c'est à cause de sa nouvelle couleur de cheveux qu'elle n'est pas venue aujourd'hui?

Moi : Ju! Cet après-midi, j'ai vu Véronique avec sa mère dans le bureau de la direction. Elle avait un bandeau sur la tête. Je n'ai pas pu te le dire à la récréation! Tu n'étais pas là!

Juliane : Sérieux ! Ça veut dire que le plan teinture a marché, si elle avait un bandeau !

Moi : Juliane ! Réveille ! Elle va sûrement porter plainte ! Je ne sais pas si tu t'en souviens, mais j'ai été suspendue en juin, pour l'avoir apparemment intimidée.

Juliane : So, respire ! Qui a donné le panier à Véro ? Pas toi ! Tadam !

Moi : Mais Johanie va être accusée ! Et qui était au courant de l'existence de ce panier-là ? Toute notre gang !

Juliane : Relaxe ! Tout va bien aller ! Johanie est capable de se défendre en faisant la *drama queen* !

Moi : Toi, pas un mot sur ce qu'on a fait !

Juliane : Promis ! Et tu sais quoi ?
J'ai fait autre chose pour enfoncer le
clou un peu plus profondément ! J'ai
contacté un ami du frère de Johanie. À
ma demande, il a dit à un autre de ses
amis de publier sur son mur et sur le
mur de Véronique le message suivant :
Véronique Lamarche est une voleuse !
Elle a pris les boucles d'oreilles d'une
fille et s'est fait prendre ! Attention
à vos affaires si vous êtes autour
d'elle ! Comme ça, la rumeur ne vient
pas de moi ! Ce message va circuler
dans les prochaines minutes ! Avoue
que tu trouves ton amie astucieuse et
intelligente !

Moi : Wo ! Juliane ! Ça va loin, ton
affaire ! Véro va craquer, là !

Juliane : Non ! Ne me dis pas que tu
te sens coupable !

Moi : Non, mais, si on n'arrête pas,
je sens que ça va nous exploser au
visage !

Juliane : Tout est sous contrôle ! Tout est sous contrôle !

21 h

Ce soir, j'ai de la difficulté à m'endormir. Plein d'idées me viennent en tête. Je suis certaine que monsieur Latour ne laissera pas passer cette histoire de cheveux rouges. Il va enquêter jusqu'à ce que la vérité éclate. Je me sens super stressée et j'ai même un peu peur.

Chapitre 10

Le vent qui annonce la tempête

Lundi 18 novembre, 8 h 36

Je sens que ça brasse à l'école. Tout le monde a lu la rumeur publiée sur Facebook. De plus, Véronique n'est pas venue à l'école jeudi et vendredi. Jasmin, notre intervenant, est souvent en rencontre avec la direction, et plusieurs élèves doivent se rendre au centre d'aide pour y être interrogés.

Une fille m'a dit qu'elle avait été questionnée par Jasmin à propos d'un de ses «J'aime» sur Facebook concernant Véronique. L'intervention de Jasmin est claire : le fait de cliquer sur «J'aime» sous un statut

Facebook signifie qu'on approuve ce qui est écrit.
Ça nous rend complice, a dit Jasmin. Il paraît qu'il a
dressé une liste de tous ceux qui ont commenté ce
message dans l'école et qu'il va tous les rencontrer !

Une chance que je n'ai rien fait sur Facebook à
ce sujet ! Tout le monde parle de Véronique, de son
absence, de la raison pour laquelle elle n'est pas là.
C'est ce qu'on appelle un effet boule de neige. On
parle aussi de ses cheveux, même si personne ne l'a
vue à l'école avec son nouveau look.

Johanie a été convoquée par la direction. Elle a
dû faire un compte rendu détaillé de l'histoire du
panier. Elle est suspendue pour une journée. Je n'ai
pas eu l'occasion de lui reparler, mais elle est certainement dans tous ses états. Elle doit bouillir de rage
en ce moment.

12 h 12

Au dîner, Cassandra, Sandrine, Juliane et moi
abordons le sujet Véro. Ma *BFF* et moi avons le devoir
de jouer la carte de l'innocence. Nous écoutons en
silence la discussion de Cass et de Sandrine, qui
poursuivent la mission « sauvons Véronique de
cette merde ».

— Je ne peux pas croire que Johanie soit accusée
d'avoir voulu faire du mal à Véronique ! dit Cass.

— C'est sûr que ce n'est pas elle! Et Véro, dans tout ça? Personne n'est au courant de ce qui se passe avec elle? Anne-Sophie, tu ignores comment elle va? me lance Sandrine.

— Eh oui, Sandrine! Imagine-toi donc que je ne sais pas tout!

— Je veux en avoir le cœur net! On ne peut pas rester là sans rien faire! *Let's go!* Je vais me rendre chez elle ce soir! nous annonce Cass, déterminée.

Je dois freiner son élan de motivation, quelle idée!

— Tu es complètement folle! Tu ne seras pas la bienvenue chez elle! Sa mère va te fermer la porte au nez! Elle est au courant que tu te tiens avec Johanie, qui est accusée d'avoir donné de faux produits à sa fille!

— Je suis convaincue que Véro a besoin d'aide et que personne ne voudra lui tendre la main, réplique Cass. J'y vais, et vous ne me ferez pas changer d'idée! Tu m'accompagnes, Sandrine?

— Oui! On sauve Véronique et Johanie! crie Sandrine.

— Bon, j'irai, mais ne vous attendez pas à un miracle! grogné-je.

— Je n'embarque pas! Pas question! Il faut se tenir loin de cette affaire-là! ajoute Ju, réticente.

Elle me fait de gros yeux, me démontrant clairement qu'elle désapprouve mon choix. Je lui chuchote qu'il faut y aller pour brouiller les cartes! Ainsi, on démontre qu'on se soucie de tout ça. Personne ne pourra nous soupçonner si on s'implique autant!

L'heure du dîner est terminée. Je sens la nervosité m'envahir, et elle ne me quitte plus du reste de la journée. Je ne retiens donc pas un seul mot des explications données par mon prof au sujet de la Révolution tranquille au Québec. On dirait que la période ne finit tout simplement plus! Les paroles de madame Faubert entrent dans mes oreilles sans que mon cerveau s'en préoccupe. Ce n'est que du charabia pour moi. Je commence à sentir que je serais mieux n'importe où sauf ici, parce que ça devient un peu trop compliqué.

17 h 12

J'ai mal au ventre. Je suis stressée, et pas du tout contente de me rendre chez une fille qui est en détresse par ma faute. Curieusement, c'est un gars qui nous ouvre la porte. Il doit avoir environ quatorze ans et ne ressemble pas à Véronique. Il est trop beau pour ça! Il n'y a sûrement pas de lien de parenté entre eux! A-t-elle des frères et sœurs, à propos? Je n'en sais rien! À part le fait qu'elle est très bonne à l'école et qu'elle fait partie du club de devoirs, je ne connais rien de cette fille.

— Salut ! Mon nom est Cassandra et voici mes amies, Anne-Sophie et Sandrine. Je suis désolée de vous déranger. Est-ce que Véronique est là ? On est inquiètes pour elle et on pense sincèrement qu'on peut l'aider à s'en sortir.

— Vos noms me disent quelque chose... Cassandra, c'est bien ça ? Véronique m'a beaucoup parlé de toi et de tes amies. Quelle chance elle a de vous avoir à ses côtés !

Cette phrase est lancée sur une note sarcastique et froide.

— Elle t'a peut-être dit des choses nulles sur nous l'an passé, mais, depuis septembre, nous sommes ses amies. Nous voulons l'aider.

— Cassandra, je suis le cousin de Véro. Je crois honnêtement que vous devriez vous en aller avant qu'elle vous aperçoive ici. Elle est dans sa chambre et refuse de voir quiconque à part moi. Partez immédiatement, s'il vous plaît !

Il a maintenant le regard rempli de reproches et ne semble pas vouloir en entendre davantage.

Lise Prévost, la mère de Véronique, apparaît alors derrière lui, et nous avons enfin la permission de franchir le seuil de la maison.

— Écoutez, madame Prévost, plaide Cassandra, je ne sais pas ce qui se passe en ce moment, mais on est ici pour essayer de le découvrir. On a fait une place à Véronique dans notre gang dernièrement, et ça, c'est grâce à Anne-Sophie !

Je me sens comme une moins que rien en entendant les mots de Cassandra. Je me retrouve devant la mère d'une fille que j'ai humiliée sans arrêt depuis l'an passé. Cette femme sait très bien qui je suis, parce que nous avons eu des rencontres avec la direction en juin dernier. Et là, plus coupable que jamais, j'ai le culot de me tenir bien droite, à jouer les innocentes.

— En effet, Cassandra, je suis bien curieuse de connaître la suite de cette histoire, répond madame Prévost. Il n'y a pas si longtemps, ma fille se faisait intimider par Anne-Sophie ! (Elle a dit ça en me jetant un regard meurtrier.) Véronique a terriblement souffert. Comme vous le savez, elle a manqué tout le mois de juin dernier. Et cette année, Anne-Sophie et ses amies sont devenues les « meilleures filles du monde » à ses yeux. Des dîners à la cafétéria, des partys, des danses à l'école... Comment pensez-vous que je me sens dans tout ça ? Impossible de raisonner ma fille pour qu'elle s'éloigne de vous, elle ne voulait rien entendre. Même François, son cousin, a essayé de lui faire voir la vérité en face. Mais Véronique prétendait que vous aviez changé, que sa place était maintenant dans votre gang et que, pour une fois dans sa vie, elle avait des amies!

Mon cœur se serre encore plus. Je veux m'enfuir de cette maison et appuyer sur *DELETE* pour tout oublier.

Cassandra prend la parole en racontant les derniers moments que nous avons passés avec Véronique: le party chez Gab, les dîners, la danse, le panier beauté offert par Johanie, le mystère des cheveux rouges, le supposé vol qui, selon Cass, n'en est pas un. François et Lise écoutent attentivement ce que Cassandra raconte, les bras croisés, sans intervenir.

Ce n'est que lorsque Cass se tait que Lise se met à pleurer, sans être capable de s'arrêter. Elle répète à haute voix cette question qui me déchire soudainement: «Pourquoi ma fille est-elle la cible de tant de méchanceté?»

Je sens maintenant très bien son mépris pour *ceux qui détruisent l'être le plus cher à ses yeux*. Dans son regard, on peut voir qu'elle souhaite croire que Cass a de bonnes intentions, mais, quand il se pose sur moi, c'est comme si elle avait la capacité de lire à travers mon âme.

J'ai tellement honte! Cette mère pleure une souffrance accumulée depuis si longtemps. Je suis accablée de remords. Il y a de gros nuages noirs qui m'empêchent de penser, qui détruisent la confiance que j'ai en moi habituellement. J'ai du mal à respirer, je cherche mon air ! Comment atténuer la douleur de cette femme ?

Une heure passe sans qu'on puisse voir Véronique. Lise refuse toujours tout contact entre nous. Cependant, Véro sera à l'école demain. La discussion prend fin lorsque quelqu'un cogne à la porte. À ma grande surprise, c'est Jasmin Lemieux. Eh merde ! C'est sérieux, là ! Panique totale !

— Bonjour, madame Prévost, dit-il. Bonne nouvelle, le policier éducateur est en route. Je lui ai demandé de s'impliquer dans le dossier. Nous le rencontrerons ensemble. J'insiste pour que vous portiez plainte une fois que nous aurons fait la lumière sur la personne qui persécute Véronique. De tels gestes doivent être sanctionnés. J'ajoute aussi qu'il faut s'assurer que votre fille reçoive de bons services d'aide psychologique. Je vais poursuivre mon enquête demain. La situation doit se clarifier au plus vite !

J'ai maintenant des nausées. Avant de partir, je m'aperçois que François chuchote à l'oreille de Cass. Sandrine le remarque aussi et me regarde avec mille points d'interrogation dans les yeux. Je me demande ce qu'il lui raconte. Cass acquiesce de la tête. Qu'est-ce que tout ça veut bien dire ?

Enfin sorties de cette maison ! J'ai un urgent besoin de parler à Juliane. Celle qui va me rappeler qu'il n'y a aucun danger. Celle qui est convaincue que rien ne peut nous arriver. Il faut qu'elle me rassure, qu'elle me dise de vive voix que personne n'est au courant de nos secrets. Que nous nous protégerons quoi qu'il advienne.

Et Johanie? Je ne lui ai pas parlé encore! Elle qui paie pour un crime dont elle n'est aucunement responsable! Je ne croyais pas que les conneries que Ju et moi avons faites auraient ce genre de répercussions. J'ai hâte que la vague passe!

Et Véronique? Aura-t-elle encore les cheveux rouges demain, à l'école? Comment se sent-elle? Que se passe-t-il dans sa tête? Je suis emportée par un tourbillon de problèmes qui ravage tout sur son passage. Respire et calme-toi, Anne-Sophie. Je dois garder la tête hors de l'eau et bien jouer mes cartes pour que personne ne me soupçonne de quoi que ce soit! Bon! Il n'y a aucune trace, aucune preuve que je suis liée à cette affaire!

18 h 28

Alors que nous rentrons, Sandrine, qui n'a pas encore dit un mot, se met à questionner Cassandra à propos du secret de François. Celle-ci répond:

— Voici ce qu'il m'a dit, mot pour mot: *Je dois absolument te parler en privé. J'ai des choses importantes à te révéler et tu dois les entendre.*

Oh non ! Je veux être présente !

— Je suis curieuse de connaître la suite ! lancé-je. Je peux assister à cette discussion ?

— Je ne vois pas pourquoi tu ne pourrais pas venir ! Tu veux son bien, toi aussi ! Et c'est toi qui lui as fait une place dans notre gang !

À ces mots, ma nausée refait surface et essaie de me faire perdre les pédales. Merde ! Je me sens vraiment coincée et c'est loin d'être cool.

— OK. Où et quand cette rencontre *top* confidentielle se déroulera-t-elle ?

— Au parc Saint-Paul, demain, à dix-huit heures, dit Cass.

Que veut ce gars ? Qu'a-t-il de si important à dire ? Je sens que je vais faire de l'insomnie ! Je dois parler à Ju le plus vite possible. Un texto d'urgence est le meilleur moyen de la joindre. Elle doit venir chez moi d'ici trente minutes, sinon je pète les plombs. Pas question qu'elle ne vienne pas. Je dois absolument lui parler ce soir !

19 h 16

— Juliane ! C'est trop, là ! Cette affaire prend une tournure vraiment inquiétante ! Les mille et une rencontres avec la direction où plusieurs élèves sont questionnés, la rumeur sur Facebook, la suspension de Johanie qui n'a rien à voir dans cette histoire, la mère de Véro qui est dans tous ses états... Et j'ajoute qu'un policier est censé s'être pointé chez Véronique! Il doit être encore là à l'heure qu'il est.

— Bon! Là, tu te calmes le pompon! martèle Juliane. La seule chose que je trouve désolante, c'est la suspension de Johanie. Le reste, c'est juste une partie de plaisir!

— Ça me fait du bien de te parler. Tu me ramènes à l'ordre. On dirait que je me sentais coupable quand j'étais chez Véro! J'aurais voulu disparaître tellement l'ambiance était lourde. Sa mère avait l'air si triste et son cousin, plus froid qu'un bloc de glace. Ouf! Le temps passé là-bas m'a paru une éternité.

— Je t'avais prévenue de ne pas y aller, So. As-tu vu Véronique?

— Non, elle était dans sa chambre. Sa mère a refusé qu'on aille la rejoindre. Cass s'est donné pour mission de la sauver, elle est vraiment touchée par son sort. Ju, il ne faut pas que ça se sache, parce que Cass ne nous le pardonnera jamais, et Johanie non plus.

Mardi 19 novembre, 17 h 55

Je suis assise sur un banc au parc, en compagnie de Cassandra. J'ai de mauvais papillons dans le ventre. Je suis impatiente d'entendre ce que François veut nous dire. Mon estomac se tord. Il ne me reste qu'un ongle à ronger !

Et cette image que j'ai en tête le fera disparaître, je le sens ; Véronique qui regarde le sol, qui longe les murs en nous ignorant. Je l'ai croisée plusieurs fois aujourd'hui et j'ai perçu, dans son attitude, une totale fermeture. Elle ne m'a pas renvoyé le sourire que je lui ai adressé ce midi. Des indices qui me laissent croire qu'elle ne veut plus rien savoir de nous. J'ai remarqué que ses cheveux sont maintenant un peu plus foncés que sa couleur naturelle. Elle ne porte donc plus les traces de nos manigances. Ça me soulage un peu, ça m'aide à oublier certains de mes gestes. Je commence à vraiment les regretter.

Quand François arrive, ma respiration s'accélère. Pourquoi tant de nervosité ? J'essaie de me rappeler les paroles réconfortantes de Juliane. Personne ne peut me lier de près ou de loin à cette histoire. Je n'ai pas dit à ma *best* que je serais au parc pour rencontrer le cousin de Véro ; elle aurait tout simplement capoté. Comme je la connais, elle aurait voulu m'en dissuader par tous les moyens.

— Je n'irai pas par quatre chemins : je crois que Véro est à bout de souffle, commence François. Je pense que ce qu'elle subit depuis trop longtemps est en train de la rattraper et qu'elle n'a plus la force de continuer à vivre comme ça. Dernièrement, elle croyait qu'un revirement survenait dans sa vie, qu'un lien se créait avec les filles de votre gang, et ses espoirs redonnaient un sens à son existence. Cependant, avec les humiliations qu'elle a subies ensuite, elle est retombée dans son désarroi.

J'ai une boule dans la gorge en entendant cette dernière phrase. François parle sans me regarder. Son visage s'est assombri et il devient de plus en plus ému. Les prochaines paroles semblent difficiles à prononcer pour lui.

— Mon frère Dominic est mort il y a trois ans. Il avait seize ans et c'était mon modèle, ma plus grande source d'inspiration. Un gars fort et solide, toujours prêt à me faire rire. En deuxième secondaire, il s'est blessé au soccer et n'était plus en mesure de jouer. Étant donné qu'il ne pouvait plus poursuivre dans son programme et que rien d'autre ne l'intéressait à son école, il a changé de polyvalente. Son choix s'est arrêté sur les sciences-maths. Toute une adaptation ! Plus rien n'allait, un vrai cauchemar. Il avait perdu ses amis, sa passion, mon père avait quitté ma mère depuis peu, et, tranquillement, il s'est refermé. On a commencé à rire de lui et il est devenu la cible des élèves qui avaient besoin de se défouler. Son découragement s'est transformé en désespoir. Il s'est suicidé dans le garage, à la maison. C'est ma mère qui l'a trouvé.

Le visage de François est maintenant couvert de larmes. Il pleure sans nous regarder, fixant le sol, reprenant son souffle avant de poursuivre.

— En voyant ma cousine vivre le même genre de cauchemar que mon frère, en constatant sa détresse, j'ai su qu'il fallait que j'agisse. J'ai senti beaucoup de volonté dans tes yeux, Cassandra.

Plus François ignore ma présence, plus je veux être à cent mètres sous terre. Il ne s'adresse qu'à Cassandra quand il parle. Je pense qu'il lit à travers moi et comprend très bien qui je suis réellement. Il sait qu'il ne peut pas me faire confiance.

— Avez-vous remarqué le collier qu'elle porte à son cou? dit-il encore.

— Bien entendu! Elle ne s'en sépare jamais! répond Cass.

— C'est mon frère qui l'a fabriqué pour elle deux semaines avant de nous quitter. On peut y lire le mot «courage» et ses initiales. DL pour Dominic Lamarche.

— Alors c'était ça, les lettres mystérieuses! s'exclame Cass.

— C'était sa façon de lui dire de ne pas lâcher, de poursuivre sa route et de s'armer de courage. Une façon de lui faire savoir qu'il veillerait sur elle d'en haut et qu'il affronterait l'avenir à ses côtés. Quand ma cousine s'est mise à subir des humiliations semblables à celles de mon frère, j'ai compris que je devais veiller sur elle. En ce moment, Véronique souffre, et je ne peux me permettre de fermer les yeux sur sa douleur. J'ai adopté une approche directe avec elle et l'ai questionnée pour connaître ses intentions. Elle a des pensées très noires. Pour moi, c'est un signal d'alarme. Je n'aurai pas la force de perdre une autre personne importante dans ma vie.

Cassandra pleure sans pouvoir se retenir. Je lui prends la main, muette. Après un long silence, elle dit :

— Nous ne laisserons pas tomber Véro. Nous devons être forts, nous occuper de sa souffrance. Et nous découvrirons les coupables ! Ces gens-là méritent de souffrir !

Elle prononce ces mots avec une telle détermination que le visage de François s'adoucit.

Ça y est ! Un sentiment de honte a pris toute la place en moi ! Quelqu'un peut stopper ce cauchemar ? Je vais m'effondrer si ça continue ! À l'aide ! J'ai trop mal !

Chapitre 11

Vérité ou conséquence ?

Lundi 25 novembre, 9 h 58

Je suis en train d'essayer de me concentrer sur un problème de maths quand on cogne à la porte de ma classe. C'est Jasmin, il veut que je le suive au bureau de la direction. Ma vie est un enfer! La fille la plus populaire de l'école, c'est-à-dire MOI, veut tout simplement disparaître sous les tuiles du plancher. Je ne suis plus capable de vivre avec moi-même, de me regarder dans le miroir et là, on va me questionner à propos de je ne sais quelle partie de cette histoire. Johanie ne me parle plus, Juliane joue au fantôme, et je suis prise toute seule avec mes pensées qui m'angoissent et ma culpabilité qui continue de gonfler comme un ballon. Je vais finir par éclater!

— Bonjour, Anne-Sophie! Nous avons besoin d'éclaircir quelques points avec toi. Suis-moi, monsieur Latour nous attend.

Vomir! C'est la seule chose qui me vient en tête en ce moment. Je dois prendre quelques inspirations pour ne pas trahir la panique qui m'envahit de seconde en seconde. Merde de merde de merde!

— Bonjour! Ça fait un bon bout de temps que tu n'es pas venue me rendre visite, Anne-Sophie! Tu vas bien? me demande monsieur Latour.

— Très bien, merci.

— Installe-toi, nous avons des points à élucider ensemble. Voici: tout d'abord, j'ai appris que tu t'es liée d'amitié avec Véronique Lamarche. Pourtant, c'est elle que tu t'amusais à intimider l'an passé, avant que tu sois suspendue.

— C'est mon amie maintenant. On fait toutes les deux partie du club d'aide aux devoirs.

— Bon! Je vois que tu as changé! J'aimerais te faire un résumé de ce que ta copine a vécu ces derniers temps: premièrement, on l'a photographiée en sous-vêtements pour ensuite afficher son image dans l'école. Deuxièmement, on a utilisé le nom de

Jérémy Lacroix pour écrire une fausse invitation à un rendez-vous amoureux dans un parc.

D'un ton calme et assuré, monsieur Latour me raconte ce que je sais déjà. Il consulte ses notes en pointant son crayon sur sa feuille chaque fois qu'il nomme un incident. J'ai vraiment trop chaud!

— Troisièmement, on l'a accusée d'avoir volé des boucles d'oreilles. Quatrièmement, on lui a offert des produits de beauté truqués pour qu'elle se retrouve avec les cheveux rouges. Cinquièmement, on a fait circuler une rumeur à son sujet sur Facebook, à propos du vol. Anne-Sophie, j'attends la vérité de ta part. Es-tu derrière cette histoire?

SILENCE...

— Ne trouves-tu pas que ça fait beaucoup à vivre pour une seule fille, ça?

Sans me laisser le temps d'ajouter quoi que ce soit, il ouvre la porte et ma mère apparaît sur le seuil. Elle est accompagnée de Jasmin, qui l'invite à prendre place devant moi. Elle a la tête de quelqu'un de ravagé par la tristesse et la colère. Ces deux émotions que je lis sur son visage me ramènent directement à la fameuse suspension de juin dernier. Il a fallu des semaines et des semaines avant que maman puisse me reparler doucement, que je retrouve mes privilèges et que le climat revienne à la normale.

Monsieur Latour nous explique la situation une fois que tout le monde est installé devant lui.

— Depuis plusieurs jours, les intervenants de l'école se sont donné pour mission de trouver les coupables de l'intimidation dont Véronique Lamarche est victime. Nous ne resterons pas sourds à ses cris d'alarme.

Je le sais très bien. Mais je croyais être à l'abri de toute accusation. Comment mon nom est-il sorti? Qui m'a dénoncée? Juliane était convaincue que tout était sous contrôle! Oh! Et si c'était elle, ma propre meilleure amie, qui avait révélé la vérité à mon sujet?

Tout s'éclaircit dans les minutes qui suivent ma réflexion: Jérémy Lacroix a fourni une bonne piste à Jasmin lorsqu'il a été interrogé. Il n'a pas aimé être impliqué dans cette histoire de faux rendez-vous et il trouvait ça vraiment louche qu'on ait utilisé son nom pour prendre Véronique au piège. Il m'avait à l'œil, et plus que je ne le croyais. Il m'a prise en flagrant délit à deux reprises: quand je cherchais les boucles d'oreilles dans le corridor des manteaux, le soir de la danse, et lorsque j'ai glissé la lettre au sujet du vol dans la case de Sara. Après avoir entendu les observations de Jérémy, Jasmin est allé récupérer la lettre, ce qui nous mène à mon interrogatoire.

— Reconnais-tu cette note? me demande le directeur.

Salut, Sara,

Je sais où sont tes boucles d'oreilles. Regarde dans le sac à lunch de Véronique Lamarche. C'est elle, la voleuse!

D'une amie qui te veut du bien.

Bien sûr, c'est MA lettre!

— Oui, dis-je. C'est Juliane qui l'a écrite.

J'ignore pourquoi, mais je continue à mentir. De plus, j'accuse ma meilleure amie. Mon cerveau ne répond plus de rien. La phrase que je viens de prononcer me plonge dans un trou encore plus profond. Ma mère, toujours muette, me regarde maintenant de façon menaçante. Je n'en deviens que plus paralysée. J'aurais mieux aimé qu'elle pique une crise de colère que de la voir comme ça. Son silence m'oppresse.

— Bon, d'accord, reprend monsieur Latour. Tu affirmes que c'est Juliane. Par contre, la personne qui a été vue en train de rôder autour de la case de Sara pendant les heures de classe, c'est toi. De plus, lorsque nous l'avons questionnée, Sara a mentionné que, juste avant que la lettre anonyme n'apparaisse dans sa case, tu lui aurais passé un commentaire à propos du fait que tu trouvais ses boucles d'oreilles magnifiques. Drôle de coïncidence, non?

Il détient beaucoup trop d'informations. Même Sara a été questionnée! Ça me coince dans un foutu pétrin.

— Jasmin, j'aimerais que tu fouilles le bureau de Juliane dans la classe de madame Gagnon, s'il te plaît. Si tu trouves quelque chose, reviens nous voir, on ne bouge pas d'ici.

Merde, merde et remerde! J'ai écrit tellement de messages à Juliane à propos de nos plans secrets! Des preuves signées de ma main! J'espère qu'elle a tout jeté! Et si Jasmin dit à Juliane que je l'ai accusée, je suis finie! Complètement finie!

Tout se bouscule dans ma tête. Ma mère, assise en face de moi, sort mon iPod de son sac à main sans dire un mot et le dépose sur le bureau de monsieur Latour. En voyant l'objet, je sais que je suis réellement prise au piège. Je n'ai pas supprimé la photo de Véronique que j'ai prise dans le vestiaire. Je suis vraiment nulle! Mes jambes sont molles, je sens que ma vie va s'arrêter là! Je le souhaite, en tout cas! Disparaître, m'évader, me sauver, me faire oublier. J'ai chaud et mes mains tremblent.

— Prochain point..., dit le directeur. Peux-tu m'expliquer ça?

Monsieur Latour place quelques feuilles devant moi. Je n'ose pas lire ce qui est écrit dessus. Aucun mot ne sort de ma bouche. Jasmin revient au même moment avec plusieurs notes chiffonnées qu'il ajoute à ce que je dois regarder et commenter. Pendant que les deux hommes attendent ma version des faits, ma mère pleure à chaudes larmes. Mes joues sont bouillantes et j'espère encore que quelqu'un viendra me sortir de là.

Mes yeux tombent d'abord sur les preuves contre moi qui viennent du bureau de Juliane :

Rendez-vous aux toilettes, à 9 h 40, pour préparer notre plan de match. As-tu la teinture ?

Salut, ma BFF !

Imagine-toi donc que j'ai consolé la pauvre Véro ! Elle ne se doute de rien ! Ça ne lui est même pas venu à l'esprit que c'est moi, la photographe ! Elle est totalement innocente, cette fille-là ! T'as vu comme c'était facile de la prendre au piège ? Nous sommes trop bonnes ! Duo d'enfer !

Anne-Sophie xoxoxo

Un autre billet a été remis à monsieur Latour par Jérémy :

Salut,

Je t'ai attendu au parc hier. Pourquoi n'es-tu pas venu à notre rendez-vous ? Ton baiser à la fête de Gab voulait dire beaucoup pour moi. Je t'aime et j'attends de tes nouvelles ce midi. Viens me voir à la cafétéria pour t'expliquer...

Véronique

Celui-ci, donné à la direction par la mère de Véronique, qui l'a trouvé dans la chambre de sa fille :

Salut, Véro !

Je tenais à te dire que je suis désolé pour ce qui est arrivé l'autre soir, à vérité ou conséquence, chez Gab. Je ne voulais pas te gêner. Sans vouloir paraître prétentieux, je t'avoue que j'ai remarqué que tu me regardes depuis un certain temps. Je te donne rendez-vous au parc Saint-Paul, à seize heures. J'y serai près de l'arbre où tu vas souvent lire. Je rêve de t'embrasser et te prendre dans mes bras.

Jérémy

Et ça continue. Monsieur Latour me demande ensuite de lire le paquet de feuilles qu'il a déposées devant moi juste avant que Jasmin revienne. Bang ! Mes conversations Facebook imprimées. Comment est-ce possible, alors que je suis la seule personne à connaître le mot de passe de mon compte ? Facile ! Ma mère a fouillé dans mon agenda. Mes mots de passe y sont tous. Je ne l'aurais jamais crue capable d'une telle chose. Elle n'a même pas besoin de me l'avouer. Juste à voir son regard tranchant, je sais que c'est elle.

Juliane : Sérieux, raconte… On est seules toutes les deux, là. Je te connais ! Tu as quelque chose derrière la tête, toi !

Moi : Tu sais garder un secret, Ju ? Je peux te faire confiance, n'est-ce-pas ?

Juliane : Oh oui, compte sur moi, alors vas-y !

Moi : Je te jure que je vais faire tomber Véronique Lamarche comme une mouche. Je vais l'amener à manger dans ma main et, oups ! elle va glisser dans un trou encore plus creux que celui de l'an passé. Embarques-tu avec moi ? Ça va être *foule* intéressant ! Que toi et moi, d'accord ? Au diable le code secret.

> Juliane : Je suis avec toi sur toute la ligne, So, je promets de ne rien dire. J'entre en jeu quand tu veux !

— Bon, eh bien, maintenant, je vais te reposer ma question de départ, annonce monsieur Latour. Es-tu derrière cette histoire ?

— Oui.

— Et qui sont tes complices ?

— Juliane.

— Personne d'autre ?

— Non.

Jasmin fait un signe vers la porte. Véronique et sa mère apparaissent, puis s'assoient à la table.

— Je tenais à ce que Véronique soit présente, Anne-Sophie, intervient le psychoéducateur. Nous avons passé énormément de temps à démêler cette affaire, monsieur Latour, les enseignants, le policier éducateur et moi-même. Beaucoup de temps à questionner, à écouter, à chercher, à tenter de comprendre. Toutes les pistes nous mènent vers toi. Véronique ne voulait pas parler. Elle était incapable d'admettre que vous étiez, toi et tes amies, derrière cette affaire. Sa mère a trouvé juste à temps cette lettre dans sa chambre. J'aimerais que tu la lises.

Il défripe la feuille chiffonnée pour me la remettre. Véronique détourne les yeux, fixant son regard à la fenêtre. Son silence et sa posture m'indiquent clairement son malaise.

Aujourd'hui, je ne rêve plus. Mon cœur et mon corps se sont éteints à jamais. On a franchi la barrière que j'avais bâtie autour de moi. On m'a eue. Plutôt que de devenir comme ceux qui m'ont fait ça, je quitterai demain pour ce repos que je mérite. Je n'ai plus la force de combattre. Devenue poussière, je volerai en toute liberté. Ne pleurez pas trop, vous verrez que je serai vite oubliée.

Des larmes coulent sur mes joues sans que je puisse les arrêter. Il m'est impossible de contrôler ce qui se passe en moi. Je suis envahie par une émotion plus forte que la peine. Ça me fait tellement mal de me rendre compte que Véronique Lamarche souffre à ce point à cause de MOI! Je l'ai devant moi, pâle, fragile, maigre et fatiguée. Elle sait maintenant que je suis LA responsable de son malheur. À cause de moi, elle veut mourir. Quelle sorte de personne suis-je devenue? Pourquoi? Et toutes mes amies qui ne savent rien de ce que Ju et moi avons fait! Sandrine, Cassandra et Johanie! Johanie! Je dois absolument avouer le reste de mes crimes!

Je prends mon courage à deux mains et je témoigne, en regardant Véronique dans les yeux, que c'est Juliane et moi les coupables, en ce qui concerne l'épisode des cheveux rouges. J'ajoute que Johanie est elle aussi victime de ce coup monté. Elle n'avait qu'une seule et unique intention : faire plaisir à Véronique. J'explique que Cassandra, Johanie et Sandrine ne savent rien de ce que Juliane et moi avons manigancé. J'insiste pour dire qu'elles se sont toutes les trois attachées à Véronique durant les dernières semaines.

Ma mère n'a pas dit un seul mot encore. Elle m'écoute attentivement sans ajouter quoi que ce soit. Je pense qu'elle se sent incapable de parler parce que sa peine est trop grande. Je la déçois, une fois de plus. Pour ma part, je ressens surtout une grande vague de compassion pour Véronique. Je veux réparer tous mes torts, effacer le mal qui s'est installé dans son cœur à cause de moi. Avec un ton rempli d'émotions, je décide de mettre un terme à mon ancienne vie. Je dois parler. Je dois avouer les gestes incompréhensibles que j'ai commis.

— Je suis totalement responsable de ta détresse, Véronique. Je suis prête à assumer les conséquences de mes actes pour me racheter. Je suis désolée pour tout le mal que je t'ai causé. Tu mérites d'être libérée d'une fille aussi méchante que moi. Je sais que je vais perdre mes amies, la confiance de ma mère et des élèves. Je ne serai plus la fille la plus populaire de l'école, mais je m'en fous. Je veux que tout le monde sache qui je suis ! Une personne malhonnête !

Véronique me fixe, la lèvre tremblotante, mais ne dit rien. Ma mère se lève et quitte la pièce sans me regarder. La rencontre se termine quand le policier éducateur arrive. Je dois accompagner Jasmin au centre d'aide pour que le policier puisse discuter seul à seule avec Véronique, la victime ; maintenant, je sais que c'est le terme à utiliser. Elle est victime et moi, intimidatrice !

16 h 34

En arrivant à la maison, il m'est impossible de parler à qui que ce soit. J'ai besoin de faire du ménage dans mes idées, ma peine et la culpabilité qui ne cesse de me hanter. Comment affronter mes amies, qui m'en veulent sûrement à l'heure qu'il est ? Comment recoller les morceaux d'une fille que j'ai détruite ? Et ma mère ? Elle ne pourra jamais plus me faire confiance ! Je suis dans une impasse. Mes réflexions se bousculent dans ma tête, mais rien n'a de sens à mes yeux en ce moment. Peut-être que le sommeil m'aidera à y voir plus clair ?

Chapitre 12

Surprise !

Lundi 9 décembre, 18 h 38

Je suis assise sur mon lit, encore en train de
réfléchir à tout ce qui se passe dans ma vie, qui est
plutôt catastrophique, disons-le. Les cartes de tarot
de Juliane avaient dit vrai ! Je vivrais des moments
douloureux, de grands changements dans ma vie,
et des problèmes étaient à prévoir. J'allais même
me sentir isolée et bla, bla, bla ! Eh bien, voilà ! Je
suis en plein dans ce brouillard prédit par monsieur
l'Hermite, la carte de l'homme à la barbe blanche !

J'ai fait beaucoup de cachotteries dans le dos de Cass, de Sandrine et de Johanie. J'ai fait du mal à Véronique, qui ne le méritait aucunement. Finalement, ce que je retiens de tout ça, c'est que je n'apporte rien de bon à mon entourage.

Je retombe sur le questionnaire de ma revue *Cool!* « Es-tu une bonne amie pour tes copines? », et je sais que la réponse est non. Il n'y a même pas de résultats assez bas pour expliquer à quel point je suis nulle en amitié. Pas une seule définition donnée dans le magazine ne me correspond tellement mes agissements sont chiants. Il est temps que ça change! Les cartes de tarot avaient aussi prédit une grande métamorphose. Je vais m'y attaquer sérieusement.

Il s'est passé deux semaines depuis la fameuse rencontre dans le bureau de monsieur Latour. Véronique n'est toujours pas revenue à l'école. Quant à moi, j'ai été suspendue, et ma mère m'a punie (aucun droit d'utiliser l'ordinateur, mon cellulaire, le téléphone ou de recevoir des amies à la maison; bien entendu, elle m'a aussi privée de sorties), mais j'ai le sentiment sincère que ce n'est pas suffisant. Il faut que je fasse quelque chose, que j'agisse pour réparer les dommages causés à Véronique.

Durant les derniers jours, j'ai eu la chance de mettre les choses au clair avec les filles. Nous avons eu une super grosse discussion chez moi, accompagnées par ma mère, qui voulait s'assurer du bon fonctionnement de la rencontre. L'objectif? Faire un méga ménage dans toute cette histoire. En ce qui concerne Johanie, elle a de la difficulté à me pardonner. Je sens que le climat est encore froid entre nous, mais je sais que notre amitié est plus forte que tout. J'ai confiance que ça va s'arranger.

Je gribouille le nom de Véronique Lamarche dans ma revue quand une idée de génie me vient à l'esprit. Son collier! Il est tellement important pour elle! Un bijou que son cousin a créé pour elle avant de se suicider, et qui lui rappelle comment il est crucial de s'accrocher, de faire preuve de courage devant les épreuves.

Voici ce que je vais faire! Avec l'aide de mes copinettes, je vais fabriquer une tonne de colliers comme celui de Véro! Ça devrait être assez facile! Je voudrais inciter tout le monde à se mobiliser pour créer un effet de masse à l'école. Il me faut de l'aide. Je dois aller chercher le plus de gens possible. Ma gang, ma mère, son chum, même Julien! Le cousin de Véro, François (qui devra garder le secret), le frère de Johanie et ses amis, la sœur de Sandrine, Gab et même Jérémy!

Étapes à suivre :

1. Communiquer avec les gens autour de moi pour obtenir leur appui.

2. Faire une liste du matériel nécessaire à la fabrication des bijoux.

3. Trouver de l'argent pour l'achat du matériel.

4. Dénicher un endroit pour la production des colliers.

5. Donner rendez-vous aux participants à cet endroit.

Ça, c'est la partie A du plan de dédommagement. C'est un bon titre! Ou le plan de réconciliation, de réparation? Je ne sais pas trop. Je vais y réfléchir. La partie B sera tout simplement magique, intense et remplie d'émotions! Ce sera un rassemblement où nous nous unirons pour dire non à l'intimidation, non aux gestes qui détruisent, non au suicide.

Je veux que Véronique reçoive plein d'amour de la part de tout le monde à l'école. Je veux que, par une action unique, elle comprenne que plus jamais elle ne se sentira seule ou en danger, qu'elle mérite qu'on la reconnaisse et qu'on l'aime. Ce collier, qui la représente, deviendra le symbole de l'école Beausoleil. La partie B de mon plan pourrait s'appeler *S'apprivoiser pour mieux s'apprécier*, genre? Ou *S'unir pour un meilleur avenir*? Bon, je dois y réfléchir, mais ce sera un événement marquant dont Véronique se souviendra pour le reste de sa vie! Le message sera clair: *On est avec toi!* Elle n'en reviendra pas! C'est une idée vraiment *top* cool! J'ai le goût de distribuer un milliard de points *Aérocool*! Ils débordent de mon cœur!

Samedi 14 décembre, 12 h 32

Ça fait drôle d'être à l'école un samedi! C'est super tranquille, dans le local d'art! Tout est bien installé pour la production. J'ai placé sur plusieurs tables des pinceaux, des feuilles de *scrapbooking* de toutes les couleurs, des écrous (la rondelle dans laquelle on fait entrer la vis, vous voyez?), de la corde et une colle spéciale pour la touche de finition. De plus, j'ai pensé aux hors-d'œuvre et aux boissons pour tout le monde! Je suis vraiment nerveuse! Les gens arrivent seulement dans trente minutes, mais moi, je suis prête! Le plan de match est le suivant: nous allons fabriquer assez de colliers pour que, quand je vais partir d'ici, ma boîte soit pleine! Je vais faire la démo pour commencer, afin de m'assurer que mes invités comprennent comment procéder et, ensuite, ACTION!

Ah oui! Voici comment j'ai réussi à obtenir des fonds pour l'achat du matériel: j'ai parlé à madame

Faubert de mon idée un peu folle, et elle en a glissé un mot à la direction. J'ai réussi à obtenir un budget, à condition de signer un contrat d'engagement! De plus, pas de frais pour l'utilisation du local! Cool! Trop cool!

J'attends en tout onze personnes: mes copinettes, ma mère, Simon, Julien, François, Jérémy (c'est super qu'il ait accepté mon invitation), madame Faubert et, tadam! Gab!

En ce qui concerne mon chum, je dois avouer que je ne l'ai pas eue facile! Il était super fru contre moi! Il ne voulait plus me parler après les fameux événements. Impossible d'entrer en contact avec lui. Il m'a écrit une longue lettre dans laquelle il m'expliquait à quel point il était déçu. Il disait qu'il n'avait pas envie de sortir avec une fille comme moi. *Une fille méchante et arrogante, qui veut seulement écraser les autres.* Ce sont exactement ses mots! J'ai pleuré toutes les larmes de mon corps. À mon tour, j'ai écrit une lettre dans laquelle j'expliquais comment je me sentais. Minable, coupable, regrettant sincèrement mes gestes. Rien! Aucune nouvelle.

Surprise! C'est Johanie qui a pris la relève! Difficile à croire, mais vrai! Elle est allée voir Gab pour lui parler franchement. Elle lui a dit à quel point j'étais misérable. Ensuite, elle lui a révélé mon idée d'organiser un événement spécial à l'école pour montrer à Véro qu'elle est *foule* importante aux yeux de tous. Je pense qu'il s'est senti touché. En tout cas, il a bien voulu embarquer. C'est à ce moment-là qu'il a enfin lu ma lettre (il ne l'avait même pas ouverte encore) pour essayer de mieux comprendre mes sentiments. J'ai eu tellement peur de le perdre! Il m'a donné une deuxième chance et a décidé de s'impliquer avec moi! Je l'adore!

C'est Juliane qui me sort de mes pensées. Elle arrive la première. Les larmes me montent aux yeux! Tout de suite, elle me prend dans ses bras pour me serrer très fort. Son câlin me fait vraiment du bien! Je sais maintenant que tout va s'arranger! Je me sens comme apaisée. Toutes les deux, on est conscientes qu'on a fait beaucoup de mal. Notre mission est super importante, autant pour elle que pour moi. On veut que tout ça ait un impact majeur autour de nous. On va réussir, parce qu'on est des têtes dures et qu'on n'a pas peur des défis!

On se garde d'aborder le sujet sensible; notre conversation reste technique. Ensemble, on révise les étapes à suivre afin d'être efficaces et productives. Je sens qu'il ne faut pas parler des mauvais souvenirs, pour ne pas créer de vibrations négatives. Il faut s'entourer de pensées optimistes!

— *Oh, my God!* Je suis fière de nous malgré tout! On prépare quelque chose de gros, Ju! C'est fou!

– C'est super, So ! Je suis sûre que, tous ensemble, on formera une bonne équipe !

– On a plein de monde avec nous ! C'est ce qu'il faut !

– Regarde qui est là !

Jérémy Lacroix arrive, tout sourire, avec une boîte remplie de matériel ! Ciseaux, colle, pinceaux, cartons de différentes couleurs, gracieuseté de sa mère, qui a une garderie à la maison. Wow ! Je saute de joie. Jérémy est là et il croit en notre projet ! Je prends sa présence comme le signe qu'il nous accorde sa confiance à nouveau. À la pensée du faux rendez-vous qu'on a donné à Véronique en son nom, mon cœur se serre, se remplit de peine.

Bon ! Mon équipe est prête. En moins de deux, les explications sont données et on se met à la tâche. Gab a pensé à amener de la musique, ce qui rend l'ambiance super énergisante ! Cassandra et Sandrine font les folles en dansant autour de la table, ma mère se place avec madame Faubert et leur discussion est entrecoupée de rires joyeux. Julien est sans arrêt dans mes jupes et me regarde avec une si grande fierté que j'ai moi-même de la difficulté à le reconnaître ! Il exécute tout ce que je lui dis sans rouspéter ! Il répète sans arrêt que je suis sa grande sœur. Simon trouve ça bien drôle de voir son fils comme ça. Il me fait des clins d'œil complices. De son côté, François travaille silencieusement, mais avec une rigueur que personne d'autre ne démontre. J'imagine qu'il vit beaucoup d'émotions, étant donné que cette idée de collier vient au départ de son frère Dominic.

Bref! Il y a dans le local d'art une atmosphère de réjouissance, de légèreté! À plusieurs reprises, Ju et moi, on s'échange des regards remplis de complicité. Ça fait un bien fou de se sentir valorisées de la bonne manière!

Avant, la fille que j'étais cherchait le succès à travers les coups bas, l'influence négative qu'elle exerçait sur les autres. Celle qui émerge maintenant veut faire l'inverse. Quels gestes puis-je faire pour créer une différence, pour apporter de la douceur dans la vie des autres? Voilà où j'en suis dans mes préoccupations! Je nage dans le bonheur! Je vois tout le monde se donner du mal pour un projet que j'ai moi-même proposé! Wow!

J'ai toujours eu un caractère de leader et j'ai choisi de l'utiliser pour une noble cause, cette fois-ci. Si j'ai réussi à causer autant de gâchis dans la vie de quelqu'un, je peux tout aussi bien lui faire vivre de belles choses.

Jeudi 19 décembre, 18 h

Tout est prêt! Le rassemblement est prévu pour demain, à treize heures trente, au gymnase de l'école. Tous les élèves, et je dis bien tous, savent exactement pourquoi ils y seront. Je m'explique : durant les derniers jours, Ju et moi avons fait la tournée des classes pour parler ouvertement des gestes gratuits que nous avons commis envers Véronique. Il fallait insister sur les ravages psychologiques (la peine, au fond) que causent les comportements méchants. Faire comprendre aux autres élèves que quelqu'un qui vit ça à répétition peut avoir des pensées noires, perdre l'envie d'avancer. Adapter notre langage aux différents groupes que l'on visitait. Genre, on ne parle pas de la même manière à des petits de troisième année qu'à du monde de notre âge, comme disait Jasmin. Une fois les explications données, nous avons animé de petits ateliers pour sensibiliser les élèves à l'importance de dire non à l'intimidation. Le policier éducateur nous a accompagnées pour s'occuper de la partie qui concerne la loi. J'ai appris beaucoup de choses à ce propos! Nos actions, à Ju et à moi, auraient pu nous valoir des accusations. Et même un dossier criminel, si Véronique avait décidé de porter plainte. Il faut que ça se sache, ces choses-là! Pour finir, nous avons présenté notre projet de création de colliers en expliquant aux élèves qu'ils avaient été fabriqués pour réparer nos fautes inacceptables.

Je me suis lancée la première en apportant quelques précisions nécessaires.

— Nous avons fabriqué des répliques du bijou qui a une signification particulière pour Véronique. Nous allons en remettre une à chacun d'entre vous en signe de solidarité, vendredi, lors du rassemblement. Ce collier doit devenir notre symbole, notre façon de dire non à l'intimidation. Toutes sortes de mots positifs y ont été gravés, genre : *acceptons les différences* ; *prends position et exprime ton opinion* ; *tous contre l'intimidation* ; *dénonce avant qu'il ne renonce*. De plus, c'est un message clair qui montre que nous sommes solidaires, dans notre école. Et, bonne nouvelle, il y a des modèles pour les filles et d'autres pour les gars. Tadam ! Nous avons pensé à tout !

— Vendredi, à treize heures trente, ajoute Juliane, vous serez invités à vous rendre au gymnase pour que nous nous unissions en tant qu'école. Vous recevrez un collier que nous vous demandons de porter fièrement. Il est comme un contrat, par lequel vous vous engagez à ne jamais faire preuve d'intimidation à l'égard de qui que ce soit et à dénoncer les gestes dont vous pourriez être témoins.

Je sais que nos rencontres dans les classes ont eu une influence sur les gens. Nous avons toujours été méga populaires à l'école, ce qui aide énormément quand vient le temps d'avoir un impact. Je crois même que nous sommes encore plus appréciées qu'avant, car les autres élèves sont moins gênés de nous aborder.

Vendredi 20 décembre, 13 h 08

Je pense que je vais m'évanouir! Je suis super nerveuse! Est-ce que les élèves vont bien collaborer? Comment Véronique va-t-elle réagir à notre élan de solidarité? J'ai su qu'elle était bien à ses cours ce matin. Elle a passé un long mois à la maison. François nous a transmis quelques nouvelles d'elle, sans pour autant entrer dans les détails. Il paraît qu'elle a reçu de l'aide et qu'elle remonte doucement la pente. Je ne l'ai pas revue depuis notre «super» rencontre dans le bureau de la direction.

Je suis certaine qu'elle ne se doute de rien. La mère de Véronique et François ont promis de garder le secret. Je souhaite tellement qu'elle comprenne qu'elle a sa place ici et que son cauchemar est terminé! Juliane me signale que le rassemblement va commencer. J'ai des papillons dans le ventre!

— OK, So, tout le monde s'en vient!

— Sérieux! Je capote, là! Mes mains tremblent tellement je suis angoissée!

Chapitre 12

Et c'est parti! À chaque porte du gymnase, des gens de mon équipe de création (François, qui a obtenu une permission spéciale pour s'absenter de son école et être parmi nous, ma mère, Cassandra, Sandrine, Johanie, Jérémy) accueillent les élèves en leur remettant un collier, qu'ils doivent enfiler autour de leur cou. Gab fait jouer la chanson *Somewhere Over the Rainbow*, ce qui crée une ambiance riche en émotions! J'ai tellement hâte que ce soit le tour du groupe de Véro d'entrer!

En franchissant le seuil, celle-ci aperçoit tout de suite son cousin, un collier à la main. Il lui passe délicatement l'objet au cou, sans dire un mot. Mon cœur bat très fort. Sur le visage de Véronique, je lis un mélange de surprise, de joie, mais aussi une touche de tristesse. Elle regarde ensuite autour d'elle. Tout le monde porte un collier semblable au sien. Des larmes coulent sur ses joues.

J'ai des frissons qui me rappellent à quel point ce rassemblement est important! La musique s'arrête quand tous les groupes sont installés. C'est super beau! Notre directeur prend la parole.

— Bonjour, chers élèves! C'est avec grand plaisir que nous nous réunissons cet après-midi pour réfléchir à l'importance de dire non à l'intimidation. Vous avez eu dernièrement la visite de deux élèves de sixième année et du policier éducateur, qui ont cherché à vous faire comprendre l'impact que des gestes malintentionnés peuvent avoir sur votre entourage. Nous venons de vous distribuer un collier qui revêt une signification toute particulière : il vous rappelle d'agir avec respect. Nous aimerions que vous le portiez tous les jours à partir de maintenant !

Jasmin poursuit le discours.

— Votre présence dans ce gymnase est précieuse. Vous allez assister à un spectacle où de courageux élèves exprimeront leurs opinions et leurs positions sur ce que signifie le respect. Par la danse, le chant, la poésie, ils vous communiqueront les émotions que les récents événements leur ont fait vivre. Observez aussi avec une attention particulière les œuvres accrochées aux murs tout autour de vous. Certains élèves ont transposé leur vision de l'intimidation dans un projet d'arts plastiques. Encouragez chaleureusement nos participants et animateurs que voici !

Je monte sur scène avec Ju, le trac total ! C'est la première fois que j'anime un tel événement ! Parmi tous les gens installés devant moi, j'aperçois Véronique qui pleure discrètement, le collier dans la main, en regardant François, debout tout au fond du gymnase. Juliane et moi commençons par expliquer le pourquoi de notre présence en tant qu'animatrices. Même si l'auditoire au complet est déjà au courant, je veux que Véronique entende ce que j'ai à dire.

— Comme vous le savez tous, Juliane et moi avons agi de manière inacceptable en commettant des gestes d'intimidation. Nous avons blessé et brisé une de nos compagnes, et fait des ravages impardonnables autour de nous. Nous tenons donc à toucher le plus grand nombre de personnes possible grâce à ce rassemblement, aujourd'hui. Mettons fin au problème de l'intimidation à l'école Beausoleil! Portons fièrement notre collier, qui représente ce qui nous unit tous! Ce sera lui qui nous rappellera le chemin du respect.

— Vous allez assister à un spectacle donné par des élèves très talentueux! annonce Juliane. Accueillez notre troupe de danse, formée de Chloé, Marie-Anne, Noémie et Audrey, qui vous présentera une chorégraphie riche en émotions sur la chanson *Say Something*, de A Great Big World et Christina Aguilera.

Eh oui! Chloé Bourque fait partie de cette troupe de danse. Ses amies et elle participent à des compétitions depuis plusieurs années. Nous avons enterré la hache de guerre depuis que j'ai pris conscience de mes agissements. Je me suis même excusée. Ça me fait chaud au cœur qu'elle ait accepté de s'impliquer.

Leur numéro est tellement touchant ! En les regardant, on peut ressentir la douleur, la tension, la peine de quelqu'un qui se sent en détresse. La danse se termine tout en douceur, avec une complicité qui s'établit entre les danseuses. Tout le monde est bouche bée et certains pleurent. Véronique est sortie de la salle, dépassée par cet élan d'amour, j'imagine.

On enchaîne ensuite avec trois élèves qui ont composé une chanson super entraînante, même un peu drôle. Vous avez peut-être deviné que Christophe est derrière tout ça. Il est accompagné de ses deux amis, qui s'agitent derrière lui en gesticulant comme des danseurs de rap. Ils réussissent à créer une ambiance joyeuse dans le gymnase. Au refrain, ils nous font répéter après eux, et ça devient une chanson à répondre. Vraiment super original !

Le rassemblement se termine à quinze heures dix. C'est une belle réussite ! Je flotte carrément ! Je reste avec Juliane et mes assistants pour ramasser, tandis que les groupes repartent dans leurs classes respectives. Et puis, bang ! La surprise de ma vie ! Véronique est plantée là, devant moi, les yeux remplis de larmes.

— Anne-Sophie, je tiens à fermer une parenthèse, me dit-elle. On ne s'est pas revues depuis le jour où j'ai appris que tu étais responsable de tout ce que je vivais. Honnêtement, je ne me serais jamais doutée que tu étais derrière le coup. Tu avais réussi à me donner l'impression que j'avais une place dans votre gang. Je me pinçais chaque jour en me disant que, peut-être, j'avais une chance d'avoir de vraies amies. Finalement, j'ai compris qu'il n'en était rien. Comme tu le sais, j'ai voulu mourir pour mettre fin à ma souffrance. Imagine qu'on se donne un mal de fou pour te faire sentir comme une moins que rien, et ce, TOUS LES JOURS DE TA VIE! Wow! Je me levais le matin en pensant que je n'avais aucune valeur, que personne ne m'accorderait de l'importance à part pour rire de moi. Eh bien, voici ce que ç'a donné : j'ai voulu disparaître! Mais, aujourd'hui, j'ai compris que tu voulais faire une différence. Tu as choisi d'utiliser ce que j'ai de plus précieux, mon collier qui me rappelle de garder courage, pour créer un symbole unique. Ce geste me touche au plus au point. Dominic serait tellement heureux de constater que tous les élèves d'une même école portent fièrement sa création! Je suis certaine qu'il te remercie d'en haut. Cette idée est là pour rester. Tu ne t'es pas contentée de m'adresser de simples excuses : tu as fait avancer une cause qui est mise de côté depuis trop longtemps. Ton implication dans ce spectacle me rassure. Le fait de voir les autres porter cet objet qui est si précieux pour moi m'a fait comme une grande vague de chaleur et d'amour au cœur. Aucune suspension ou lettre d'excuse n'aurait pu avoir cet effet. Merci pour tout, Anne-Sophie. Je te pardonne, parce que les émotions que j'ai vécues aujourd'hui me permettent de croire en moi à nouveau.

Submergée par les émotions, je la prends dans mes bras et je lui fais le plus beau des câlins ! Je suis ravie : nous avons réussi à mettre un baume sur son cœur ! C'est à mon tour de chercher mes mots, d'être mal à l'aise, bien que rassérénée. Sans ajouter quoi que ce soit, nous partons chacune de notre côté, le cœur léger. Pour la toute première fois, j'ai le sentiment d'avoir eu un impact majeur dans l'existence de quelqu'un qui le mérite vraiment.

Gab, qui a été témoin de la scène, me fait un clin d'œil, accompagné d'un sourire qui en dit long. Je me sens libérée et super contente d'avoir réussi mon plan de réparation !

Je partirai en vacances sur une bonne note, la meilleure de ma vie d'ailleurs ! Je suis heureuse comme un paon ! Véro, sa famille et son cousin pourront enfin vivre de beaux moments ensemble, sans que planent sur eux la peine et la douleur.

Chapitre 12

Lundi 13 janvier, 8 h 16

L'année commence du bon pied! Je tiendrai ma résolution! Celle de rester une fille cool qui ne fera plus jamais de mal aux autres.

En ce lundi matin, tout le monde se promène avec son collier au cou. C'est trop cool! Je vois même des affiches, fabriquées par des élèves de la classe de madame Caron, accrochées un peu partout dans l'école! On peut y lire: *Hé! As-tu ton collier?*

Je croise Véro dans le vestiaire. Elle a quelque chose de différent. Sa démarche, son assurance, son sourire. Tout est changé chez elle. Je dirais même qu'elle rayonne! Elle jase et rit avec une fille de sa classe. Sans la déranger, je passe devant elle discrètement en lui adressant un hochement de tête complice. Ouf! Elle me répond de la même façon en continuant sa discussion.

À l'heure du dîner, la routine reprend son cours, mais avec une petite modification: la méchante intimidatrice de l'école Beausoleil a disparu! Eh oui, il y a bien cinq filles assises à la cafétéria, à la même place que d'habitude, mais ce sont cinq filles qui discutent de tout et de rien, sans se soucier du reste.

Je suis maintenant une fille cool parce que je suis bien dans ma peau, mais aussi dans mon cœur.

Je suis une fille cool parce que je m'implique de la bonne façon, que j'utilise ma popularité pour faire du bien autour de moi ! Je crée une différence non pas grâce à mon look, mais à mes gestes, à mon implication, à mon sentiment d'appartenance à mon école. Je dois maintenant l'avouer, l'école Beausoleil me manquera au plus haut point. Plus qu'une demi-année de primaire avant que l'école secondaire ne m'ouvre ses portes.

Je me retrouve les yeux cachés par deux mains que je reconnais très bien. Celles de mon talentueux guitariste. Gab s'assoit à côté de moi et il me fait le plus beau des sourires. Je suis tellement chanceuse d'avoir un chum comme lui ! Même si elles disaient vrai en ce qui concerne la plupart des événements survenus dernièrement dans ma vie, les cartes de tarot se trompaient quant à ma relation amoureuse. Les astres sont maintenant alignés pour une nouvelle année parfaite. Je suis certaine que le meilleur reste à venir pour mes copinettes, mon chum et moi.

Fin

Remerciements

J'aimerais tout d'abord remercier mes merveilleux élèves, qui me font vivre toutes sortes de belles aventures chaque année.

Un merci à mes collègues, pour nos nombreux échanges et anecdotes qui adoucissent mon quotidien.

Merci également à mon frère et à ma sœur que j'adore et qui croient en moi peu importe ce que j'entreprends. Vous me donnez des ailes !

Merci à toute l'équipe des Éditions de Mortagne pour avoir fait de mon rêve une réalité.

Un merci tout spécial à mon amour, qui m'encourage à persévérer dans mes projets.

Finalement, merci Loulou. Tu m'inspires et me donne le goût de continuer.

LA collection pour
jeunes adolescentes.

Des romans à la fois drôles
et tristes, intenses et légers.

  Collection Génération Filles

Dans la même collection

Camille Beaumier et
Sylvie Beauregard

Ouate de phoque !

Tome 1. *Ne rougis pas, Léa*

Léa adore : sa *BFF* Lily ; son carnet avec des chats tout choupinet ; NYC ; le jour du pâté chinois à la café ; Ouija ; faire de listes pour prendre sa vie en main.

Léa déteste : rougir à tout propos ; quand son père capote sur les protéines ; quand sa mère lui souligne à grands traits ses fautes de français ; le *cheerleading* et l'adultite aiguë sous toutes ses formes.

Léa rêve : de sortir avec Antoine, qui ne semble pas voir qu'elle l'aime, parce que c'est un gars et que les gars ne comprennent pas toujours du premier coup…

Quand sa vie dérape, Léa peut toujours compter sur les précieux conseils de Lily ; sur les fabuleux biscuits de Lulu et sur sa propre extralucidité. Et, surtout, sur sa A-Liste…

Dans la même collection

Audrey Parily

Amies à l'infini

Tome 1.
Quand l'amour s'en mêle

Ophélie a quinze ans et le cœur brisé par le rejet d'Olivier et les coups bas que Zoé – son ex (?) meilleure amie – et elle se sont faits. Zoé, de son côté, ne sait toujours pas si elle doit pardonner à Ophélie. Mais à qui d'autre parler de ce qu'elle ressent dès que Jérémie s'approche un peu trop près ? Tomber amoureuse n'était pas dans ses plans… et encore moins de Jérémie !

C'est au milieu de tout ça que Chloé arrive de Paris, sauf qu'elle ne pense qu'à une chose : repartir au plus vite ! Elle ne pardonnera jamais à ses parents de l'avoir déracinée et forcée à quitter F-X, son chum. (Quelle idée !)

Les trois jeunes filles commencent une nouvelle année sans enthousiasme, mais qui sait ce qu'elle leur réserve ? Entre questionnements, rêves, amours et amitiés, Ophélie, Zoé et Chloé verront leur vie changer.

Dans la même collection

Aimée Verret

Inséparables

Éléonore est une fille ordinaire (c'est ce qu'elle pense!). Elle aime dessiner des robes (et des cornes à sa mère, selon son humeur). Élé a la chance d'avoir une meilleure amie trop cool, Lola, qui est fan de magasinage, mais qui sait surtout quoi faire en toute circonstance, particulièrement lorsqu'il est question des garçons. (D'ailleurs, tous les tests dans les magazines lui confirment qu'elle est l'amoureuse idéale!)

Mais alors, pourquoi est-ce justement depuis que Lola leur a arrangé un rendez-vous avec deux joueurs de soccer super cute que l'amitié entre les filles semble ébranlée? Lorsque notre meilleure amie se fait un chum, elle a le droit de passer du temps avec lui, c'est sûr. (Beaucoup, même, des fois…) Mais est-ce que ça lui donne le droit d'abandonner sa best, en pleine nuit, après une soirée catastrophique? De lui mentir? Qu'est-ce qu'on fait quand on ne comprend plus du tout sa *BFF*?

Heureusement pour Élé, il y a Jérôme et Mathieu Rochon, une BD et… deux premiers baisers!!

Dans la même collection

Laura Summers

Sauve qui peut!

Un père devrait être attentionné, et non manipulateur. Un mari devrait être aimant, mais pas jaloux et violent. Quand l'homme de la maison devient incontrôlable, la mère d'Ellie et de Grace ne voit qu'une solution pour protéger ses filles : partir le plus loin possible sans regarder derrière. N'emportant que l'essentiel, elles décident de réinventer leur vie à leur façon.

Arrivées au bord de la mer, elles trouvent refuge dans une vieille caravane sur un terrain de camping. Alors que leur mère commence à travailler au café de la plage, les deux jeunes filles vont dans une nouvelle école où elles ont à apprivoiser leurs camarades. Pas facile quand on ne veut pas dévoiler certains éléments de son passé...

Pour garder un secret, il y a deux options : se taire ou mentir. Ellie laisse libre cours à son imagination et se crée une histoire à rendre jalouses ses nouvelles amies. Quant à Grace, c'est l'occasion d'apprendre à faire confiance aux autres et à sortir du mutisme dans lequel elle est plongée depuis trop longtemps.

Cette nouvelle vie leur plaît. L'avenir s'annonce meilleur, plus heureux et, surtout, plus excitant. Mais le passé restera-t-il derrière elles encore longtemps?

Dans la même collection

Laura Summers

Un cœur pour deux

À quatorze ans, Becky rencontre les mêmes problèmes que beaucoup d'adolescentes : un petit frère trop collant, une mère surprotectrice et des camarades de classe vraiment détestables. À la différence qu'elle doit affronter un défi de taille qui n'est pas le lot de plusieurs : une greffe du cœur.

Pas facile de s'adapter à cette nouvelle vie quand les germes te terrorisent et que des idiots racontent n'importe quoi sur ton compte, allant jusqu'à te surnommer Miss Frankenstein ! Heureusement que Léa, Julie et Alicia sont là pour épauler Becky... du moins, jusqu'à ce que leur amie devienne un peu étrange !

En effet, depuis l'opération, la jeune fille adooore le beurre d'arachides (qu'elle avait auparavant en horreur !), joue au hockey comme une pro et a tendance à remettre les gens à leur place de façon, disons, pas mal violente ! Aussi, des images de personnes et de lieux inconnus apparaissent dans son esprit. Que signifient-elles ? Mystérieusement attirée par un parc de l'autre côté de la ville, Becky y fait la rencontre de Sam, un beau garçon qu'elle a l'impression de déjà connaître. Pourra-t-il l'aider à retrouver cette maison aux volets verts qui surgit constamment dans sa tête ?

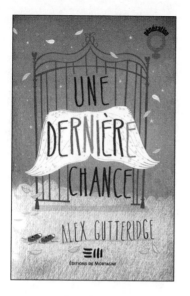

Dans la même collection

Alex Gutteridge

Une dernière chance

Que feriez-vous pour avoir une autre chance de vivre?

Jess mène une vie plutôt normale. Elle se chicane avec ses parents, entretient une relation amour-haine avec son frère Jonathan et elle A-DO-RE ses amies, qui forment avec elle une alliance indestructible.

À travers son quotidien assez ordinaire, les devoirs de maths remportent la palme de l'ennui. Heureusement que son amie Jasmine est là pour l'aider! C'est chez elle que Jess se rend à bicyclette, un soir, après l'école. Mais elle n'en reviendra pas. Du moins, pas comme avant... Frappée par une voiture, elle plonge dans un profond coma.

Aux portes du paradis, elle rencontre Daniel, l'ange de la mort. Ce dernier n'a pas l'air enchanté de sa venue et il admet avoir fait une erreur. Pour se racheter, il donne à la jeune fille une dernière chance de retourner sur Terre, mais sous forme de fantôme.

Jess découvrira alors que les gens qu'elle aime cachent bien des secrets. Certains plus lourds que d'autres. Et si ces secrets influençaient la pénible décision qu'elle sera obligée de prendre?

Achevé d'imprimer
sur les presses de
Imprimerie H.L.N.
Imprimé au Canada - Printed in Canada